A Journey of Discovering
My Forest Bedroom

네 평짜리 내 방 안의 숲

그랜트의

식물
감성

그랜트 박상원 지음

은행나무

Prologue

트로이메라이: 식물 예찬

느지막한 오후,
칠흑 같은 어둠 속 문틈으로 새어 나온 햇빛에
걸음을 멈춘다.

문을 열자 녹음 펼쳐진 침실 정원 속으로
빠르게 흩어지는 노란 햇빛.

초여름 문턱에 들어선 대기는 적당히 따스하고,
부서지는 빛과 나른한 바람을 맞은 침실 정원은
아름답고 영원하지 않은 꽃처럼 푸르게 무르익는다.

햇살이 조각한 몬스테라 그림자는
바람에 반짝이는 물빛이 되고,
늦은 오후, 아련한 향기에
허공에 매달린 잎이 녹색 폭포 되어 쏟아진다.

창가 제라늄 꽃이 앞다투어 색을 뽐내고,
톡 치면 떨어질 듯한 사랑초가 부지런히 꽃대를 뻗어 올린다.

식물들이 만들어낸 촉촉한 그늘 속
여름을 고향 삼는 아디안툼이 뭉게뭉게 피어오르고,
울창한 숲속 오솔길을 따라 크고 작은 식물들이 포개어진다.

작은 키와 큰 키, 서로 다른 쪽을 향한 선,
다양한 질감과 형태가 공존하는 숲.
서서히 여름이 울려 퍼지는 이 녹음의 꿈속에서
은은한 싱그러움을 만끽한다.

열두 달 중 찰나로 스쳐 갈 오월의 정원,
초록빛 몽환의 정원에서 오늘도 꿈을 꾼다.

트로이메라이 Träumerei.

Contents_____。

일러두기

이 책의 식물명 표기는 국가표준식물목록의 규정을 따랐으며,
관용적으로 사용하는 유통명 등이 있을 시에는 이를 표기하였습니다.

1장

o

사적인 공간을 공유하는 사이

° 가장 순수하고 공정한 생명체

유독 짧았던 봄, 아쉬운 마음도 몰라주고 여름이 손을
내민다. 이상기후로 계절 구분이 없어진다는 뉴스가 헛된 말은
아닌가 보다. 아스팔트가 이글이글 끓어오르는 서울 도심 속 건물
꼭대기 층, 나는 숲을 가꾸고 있다. 콘크리트 정글 속에 숲이라니
얼마나 이질적인 말인지. 하지만 나무 한 그루 품기 어려울 것 같은
이 척박한 곳에서 나는 오늘도 초록의 숲을 가꾸고 있다.

모든 시작은 2017년, 군대에서 막 전역한 때로 돌아간다.
미국에서 돌아와 군 복무를 하던 중 이사 간 새집에 내 공간이
마련되었다. 그전에도 내 방은 있었지만 늘 부모님의 손길로
꾸며진 곳이었다면, 이제는 온전히 내 취향을 반영한 나만의
공간을 만들 수 있게 된 것이다. 어떤 가구를 놓을지, 어떤
소품으로 꾸밀지, 모두 내가 결정할 수 있었다. 크리스마스에
산타클로스의 선물을 기대하는 어린아이처럼 마음이 온통 들떴다.
벽은 하얗게 칠하되 한쪽 벽은 내가 가장 좋아하는 올리브그린
색으로 포인트를 주었다. 따스함을 느낄 수 있는 원목 가구를
배치한 후 유학 시절 하나둘 소중히 사 모은 아날로그 감성 소품과
평소 내가 좋아하는 책들로 선반을 채웠다.

지금 돌이켜보면 나도 모르게 자연의 색을 입힌 방이었다. 물론
이때까지만 해도 내가 식물 세계에 발을 들이게 될 줄은 전혀 알지
못했다. 모든 것이 바뀐 것은 이듬해 어느 봄날, 문득 방 안으로
들어온 햇빛 한 조각을 발견한 그 순간부터였다.

　　　그날도 평소처럼 창문을 열고 침대에 누워 반려견 맥스와
나른한 오후를 즐기고 있었다. 문득 발끝을 스치는 따스함을 좇아
바라보니 햇빛 한 줄기가 지나고 있는 것이 아닌가. 평소라면 큰
의미를 두지는 않았을 햇빛이 그날은 뭔가 달랐다. 유독 따뜻하게
느껴진달까, 햇빛 속에 봄이 어려 있다고 해야 할까. 이사 오기
전 내 방은 항상 어두컴컴했다. 북향에 가까워서 햇빛이 들기도
어려웠거니와 사실 빛 자체에 큰 관심이 있지도 않았다. 그런데
새집, 새 방에서 맞이한 첫 봄, 왠지 그날의 햇빛은 다르게
다가왔다. 아니, 집중할 수밖에 없었다.

　　　당장 손에 들려 있던 스마트폰 카메라로 방을 담기
시작했다. 렌즈 안에 담긴 내 방은 햇빛을 받아 왠지 모를 따뜻한
기운이 감돌고 있는 모습이었다. '사진은 햇빛이 조각하는
그림'이라고 했던가. 한 줄기 햇빛이 지나가고 있을 뿐인데
지난겨울 동굴 같기만 하던 내 방이 완전히 딴판으로 바뀌어
있었다. 마치 르네상스 시대 키아로스쿠로 기법으로 그린
그림처럼.

어머니께서 키우고 있던 식물 하나를 창가에 올려보았다. 그때는 이름도 몰랐지만 이제는 눈 감고도 말할 수 있는 그 식물은 바로 아글라오네마. 흔히 '스노우 사파이어'라고 불리는 식물이다. 창가에 올려놓은 스노우 사파이어는 이름처럼 하얀 눈이 소복이 쌓인 듯한 잎사귀를 반짝반짝 빛내며 내 방을 밝혀주었다. 아, 이 작은 초록색 식물이 주는 생명력이란! 내 방을 꾸미겠다고 고심에 고심을 거듭해 고른 그 어떤 소품도 이 식물 하나가 내뿜는 싱그러운 생명력을 이기지 못했다. 콘크리트 빌딩 틈을 비집고 들어오는 햇살과 봄 내음 가득한 바람, 그리고 그 속에서 눈부신 빛을 발하는 스노우 사파이어. 나는 그 안에서 이루 말로 다 설명할 수 없는 무언가를 느꼈다. 그리고 큰 숨을 내쉬었다. 그저 그 순간이 너무 좋았다.

봄날 햇빛 한 줄기에 홀려 스노우 사파이어 화분을 방에 들인 후, 일주일에 한 번, 겉흙이 마르면 물을 준다는 공식에 따라 키웠다. 물을 주면 흙 속으로 스며드는 물길 틈으로 올라오는 흙 내음, 물을 머금고 햇살을 받아 빛나는 초록 잎이 너무 아름답게 느껴졌다. 그러다 문득 혼자인 스노우 사파이어가 외로워 보였다. 식구들과 프로방스 마을로 교외 나들이를 갔다가 데려온 다육이를 스노우 사파이어 옆으로 데려왔다. 원래 키우던 식물인데도 새 식구가 생긴 것마냥 기뻤고 내심 뿌듯하기까지 했다. 이 녀석은

어떻게 키워야 할까? 이미 이름표는 없어진 지 오래, 이름도
모르는 다육이에 관한 정보를 찾기에 내가 알고 있는 것이 턱없이
부족했다. 오랫동안 이 식물을 키워온 어머니께 물었다.

"물은 어떻게 줘야 해?"

식초보의 단골 질문에 돌아온 답은 명확한 공식.

"한두 달에 한 번!"

그런데 수학 공식처럼 정확한 답이 오히려 나를 불안하게
했다. 이 작은 생명체가 어떻게 한두 달에 한 번 주는 물만 먹고
산다는 건지, 의심스럽기 짝이 없었다. 괜스레 가느다란 목줄기가
그날따라 더욱 가냘퍼 보였고, 줄기에 진 주름도 물을 충분히 주지
않은 탓인 듯했다. 갈증으로 고통받고 있을 다육이를 구제하기
위해, 아니 더 정확히는 내 마음의 불안을 해소하기 위해 물 주기를
시작했다. 결과는 너무도 참담했다.

간헐적으로 물을 콸콸 쏟은 게 화근이었다. 주름진 줄기는
오동통해지기는커녕 흙과 맞닿은 밑둥부터 점차 까맣게 변하기
시작했다. 낌새가 좋지 않아 만져보니 이미 흐물거리는 젤리처럼
변해버린 것이 아닌가. 부랴부랴 인터넷을 뒤졌다. 아무래도 과한
물 주기로 식물이 괴사하는 '과습'이 원인인 것 같았다. 식물을 잘
키우고 싶었던 내 마음이 오히려 독이 된 것이다. 아, 우리 집에서
가장 오래 함께한 생명체인데……. 죄책감마저 들었다. 식집사(식물

집사라는 의미로, 식물 애호가들을 말한다)들의 명언 중 '호랑이는 죽어서 가죽을 남기고 식물은 죽어서 화분을 남긴다'는 말이 있다. 과습으로 녹아내려 꽃다리를 건넌 다육이는 결국 덩그러니 빈 화분만 남긴 채 사라졌다. 멀쩡한 모습의 스노우 사파이어와 대조되는 그 모습이 더욱 비극적이었다. 그래도 남은 스노우 사파이어는 지켜주고 싶었다. 식물에 대해 더 알고 싶었고, 더 잘 키우고 싶었다.

생물학자 에드워드 윌슨은 그의 책《바이오필리아》에서 생명에 이끌리는 인간의 원초적인 사랑에 대해 말했다. 나는 그의 이론을 전적으로 신뢰한다. 나 역시 사람은 독자적으로 존재할 수 없다고 생각하기 때문이다. 봄이 되면 어김없이 길어지는 햇빛 아래 식물은 싹을 틔우고 꽃을 피운다. 그에 발맞춰 사람들의 마음도 바빠진다. 주말마다 야외로 나가고, 화원 나들이를 가고, 길을 걷다 마주치는 식물을 유심히 관찰한다. 길가에 흐드러진 꽃나무부터 이름 모를 식물, 심지어는 벽돌 틈에 낀 이끼에 호기심을 느끼기도 한다. 인간은 태초부터 자연과 함께했고 또 그렇기 때문에 우리의 유전자는 녹색에 대한 갈증을 갖고 있다. 내가 봄날 햇빛 한 줄기에 자연의 생명력을 느낀 이유 역시 바로 자연을 향한 본능, 바이오필리아 때문이었을 것이다.

내 안의 이 본능을 알아차리기 시작하면서 식물을 향한

갈증은 점점 더 커졌다. 식물이 없는 공간에서는 1분도 머물
수 없다는 생각이 들었다. 화분 하나로는 부족했다. 프로방스
다육이의 실패에 굴하지 않고 더 많은, 더 다양한 식물을 건강하게
키워내고 싶었다. 내가 머무는 공간을 숲처럼 만들고 싶었다. '저
푸른 초원 위의 집'까지는 아닐지라도 집 안이 푸른 녹음으로
둘러싸인 공간이었으면 했다.

　　식물은 가장 순수하면서도 공정한 생명체다. 식물은
거짓말을 하지 않는다. 목이 마르면 곧바로 잎을 늘어뜨리며
갈증을 호소하고, 뿌리에 이상이 생기면 잎으로 신호를 보낸다.
또한 보살피고 관심을 보낸 만큼 보답해준다. 잎을 올리고, 꽃을
피우며, 열매로 결실을 맺는다. 이처럼 거짓말을 하지 못하는
식물은 더없이 순수한 존재다.

　　그래서 내가 먹고 살며 생활을 영위하는 공간인 집, 나를
나답게 만들고 에너지를 충전해주는 장소인 집을 다름 아닌 이
순수한 식물로 가득 채우고 싶었다. 집에 아무것이나 함부로 대충
들일 수 없는 것은 물론 한번 내 공간으로 들인 식물은 온 정성
다해 보살피고 온 마음으로 바라볼 수밖에 없었다. 물론 마음처럼
되지 않는 순간도 많았지만, 식물을 가까이하며 보살피고, 그
과정을 통해 휴식과 재충전의 시간을 가질 수 있었다. 가장 사적인
공간을 공유하면서도 서로의 자리에서 조용히 선을 지키며 마음의

양식을 나누는 대상. 식물을 키울수록 식물이 더더욱 좋아졌다.

생명이 움트는 봄이 되면 겨우내 잠시 쉬어가던 식물들이
다시금 잎을 올리고, 가지를 뻗어가는 모습에 물개박수가 절로
나온다. 꽃이 귀한 내 방에 한 송이 작은 꽃이라도 피어오르면
그 식물에게 더할 나위 없는 고마움과 소중함을 느낀다. 자연의
순환을 가까이에서 보고 누릴 수 있어서, 내 공간 가장 깊숙한
곳에서 식물들과 함께 나를 치유하고, 기쁨을 얻고, 삶을 지속할 수
있어서 행복하다. 이 소소한 행복의 조각들이 모여 내 방 안의 숲,
우거진 녹음을 이루고 있다.

˚마담 프루스트의 정원

내 방에 놀러온 친구들은 포토존을 찾아 자리 잡고 마치 SNS 핫플레이스에서 사진 찍듯 포즈를 취하곤 한다. 나에게는 너무도 당연한 공간이 타인에게는 신기하고 독특하게 다가간다는 사실이 새삼 재미있다. 이런 친구들이나 랜선 이웃들이 내 정원을 보면 떠오르는 영화가 있다고 말한다. 바로 〈마담 프루스트의 비밀 정원〉! 영화 속에는 프랑스의 오래된 아파트에서 가꾼 푸릇한 정원이 등장하는데, 그 싱그러운 색감이 내 방 정원과 닮았나 보다.

베란다에서 식물을 키우는 경우는 흔하다. 하지만 실내에서, 그것도 이렇게 많은 식물을 한가득 채워 키우는 건 생소할 수도 있겠다. 다만 영화 속 정원과 한 가지 다른 점이 있다면, 마담 프루스트는 식기와 거울을 이용해 햇빛을 반사시켜 정원을 가꾸는 반면 나는 현대 문명의 이기, 바로 식물생장등을 적극 활용한다는 점이다. 만약 식물생장등이 없었다면 지금 키우는 식물의 3분의 2를 줄여야 할 테니 말 그대로 '식물생장등 만세!'다. 아무튼 영화 속 주인공이 비밀 정원을 통해 행복을 되찾는 것과 내가 정원에서 위로받고 있는 것은 크게 다르지 않다.

우리 집 현관에 들어서면 바로 맞은편에 내 방, 침실

정원이 펼쳐진다. 해가 드나드는 오후에 특히 더 반짝반짝 빛나는 정원이다. 네 평 남짓한 이 작은 공간에 현재 약 257개의 식물이 살고 있다. 원래 더 많은 식구들이 있었지만 선택과 집중이라는 쉽지 않은 결단의 과정을 거쳐 삶의 균형을 깨뜨리지 않을 정도의 숫자를 유지할 수 있게 되었다.

나처럼 좁은 공간에서 정원을 가꾸어야 하는 맥시멀리스트 식집사의 경우 식물 배치에 있어 자연스레 '테트리스 공법'을 연마하지 않을 수 없는데, 이를 위해 무엇보다 필요한 과정이 바로 햇빛을 관찰하는 일이다. 식물들이 자신에게 주어진 햇빛 지분에 불만을 갖지 않고 잘 적응해서 견뎌낼 수 있도록 식물 배치 시 햇빛을 잘 계산하는 기술이 필요하기 때문이다.

일단 내 방은 방해물 없는 고층에 위치해 있고, 원래 있던 작은 베란다를 확장한 곳이라 창문이 크고 넓어 한겨울을 제외하면 채광이 나쁘지 않다. 또한 북서향이어도 서쪽으로 치우쳐 있어 2월 중순부터 10월 말까지는 해가 잘 드는 편이다. 하지만 11월부터 1월까지는 중세 시대보다 더 깜깜한 암흑기다. 식물 키우기에 최적의 조건이라고 할 수는 없지만, 그나마 오후 동안 햇빛이 들어 자연스레 반그늘 상태가 되는 점을 적극 활용하다 보니 자연스레 저온 처리가 필요하지 않은 식물, 햇빛을 아주 많이 필요로 하지 않는 식물 위주로 선별, 열대 수목 종류를 많이 키우게 되었다.

정원 입구에 들어서면 크고 작은 열대 관엽식물들이 수놓는 오솔길이 펼쳐진다. 오솔길이라기에는 다섯 걸음이 채 안 되는 부끄러운 거리지만, 본격적으로 정원에 들어서기 전 첫 길목으로서 늘 설렘을 가득 안겨주는 길이다. 오후 네 시쯤이면 정원에 햇빛이 화사하게 들기 시작하는데 이때 창 정면으로 드는 햇빛이 오솔길 식물들을 비출 때의 모습은 가히 성스럽다고 표현할 만하다. 생물 다양성의 보고인 남아메리카 열대 지방이 고향인 식물들이 만들어낸 길이기에 우리나라의 들꽃길처럼 오종종하고 아기자기한 매력은 덜하지만 사계절 푸르름 속에서 숨 쉴 수 있게 해준다. 선별 과정에서 포기할 수밖에 없었던 식물들에게서는 기대하기 힘든 매력이랄까!

이윽고 걸음을 더 내딛어 방 깊숙이 들어갈수록 잎의 밀도가 높아진다. 가장 먼저 덩치깨나 하는 수채화 고무나무가 눈에 들어오는데, 물감을 칠한 듯한 잎을 침대 위로 늘어뜨려 자연 암막 커튼을 만들어준다. 수채화 고무나무 옆에는 열대 아메리카의 숲처럼 묘하게 생긴 이국적인 식물들이 자리하고 있다. 미니어처와도 같은 이 작은 숲에는 온전히 내 취향이 반영되어 있다. 나는 유독 긴 잎을 좋아하는데, 이런 길쭉한

형태의 잎사귀들은 무성하게 뻗어
있어도 공간을 과하게 잡아먹지
않고, 날렵하면서도 세련되고 정돈된
모습을 연출해주기 때문이다.
이 길쭉이들 사이사이로는 적은
빛으로도 충분히 살아가는 강인한
고사리과 식물들을 배치했다.
반나절의 햇살과 촉촉한 숲의 습도를
먹고 사는 이 고사리들 덕분에 내
방은 작은 열대 숲처럼 울창하면서도
싱그러운 색감으로 물들었다.

숲속 한편에 위치한 책장에는 선이 고운 식물들이 둥지를
틀고 있다. 흔히 식물이라면 위로만 자란다고 생각하기 쉽지만
이러한 고정관념을 과감히 깨뜨린 식물들이 만들어낸 선은
마치 미지의 숲에 온 듯한 기분마저 들게 한다. 초록색 폭포같이
흘러내리는 무늬 보스턴 고사리가 뻗어내는 선, 이따금씩 바람에
흔들리는 행잉식물들의 잎과 줄기를 올려다보노라면 내 마음도
무언가에 이끌린 듯 살랑이는 것만 같다.

시선을 돌려 옆을 보면 내가 애정해마지 않는 식물 아파트가
서 있다. 내 방 정원의 하이라이트로, 이곳에는 특히 내가 좋아하는
식물들을 눈에 잘 보이게 배치해두었다. 대부분의 식집사들이
자신이 가장 좋아하는 식물을 햇빛 명당에 놓고 키우는데, 나는
햇빛은 좀 덜 가더라도 내 손이 더 잘 가는 위치에 애착식물들을
배치했다. 요즘 한창 유행인 천남성과 식물들이 군집해
있는 곳으로, 너무나도 아끼고 좋아해 마지않는 필로덴드론
글로리오숨이 이 아파트의 대표 주민이다. 또한 남부럽지 않게
키운 커다란 이파리를 가진 안스리움 비타리폴리움이 멋진
곡선미를 뽐내며 자리하고 있다.

창문 바로 앞 햇빛 명당에는 다육식물을 비롯한 선인장과
야생화가 옹기종기 앞다투어 빛을 향해 경쟁한다. 내 방에서 가장

햇빛이 풍부한 공간으로, 양지 바른 곳에서 잘 크는 식물, 꽃을
피워올리기 위해 햇빛을 꼭 필요로 하는 식물 위주로 뿌리를
내린 곳이다. 화려한 색을 뽐내는 펠라고늄(제라늄)과 쥐손이,
자귀나무 등 무성한 초록빛 싱그러움 속 이따금씩 귀하디 귀한
꽃을 피워 화사함을 더해주는 소중한 꽃밭이다. 빛을 좋아하는
나는 이곳에서 가장 많은 시간을 보내는데, 창문 바로 앞이라
계절의 향기를 맡을 수 있는 것은 물론, 창밖으로 인왕산 자락과
서울 사대문 안 옛 동네를 바라볼 수 있어 매우 소중한 휴식
공간이다. 날씨에 따라 어울리는 음악을 틀고 커피를 마시며 도심
속 꽃밭을 즐기고 내 정원의 특별함을 마음 가득 오롯이 음미한다.
이런 소소한 즐거움이 가득한 침실 정원을 거닐고 있자면 도무지
지루할 틈이 없다.

° 꽃은 잘 안 키우시나봐요?

침실 정원 밖 거실 한편에는 내가 가꾸는 정원이 하나 더
있다. 바로 피아노 정원! 어릴 때부터 취미로 치던 낡은 피아노를
중심으로 각양각색의 식물 식구들이 자리하고 있다. 이 피아노는
오래되고 낡았지만 긴 세월을 함께하며 정이 많이 들어 집에서
밀어내기에는 너무도 소중한 물건이 되었다. 일산에서 그릇 공방
'그릇에그린'을 운영하며 마당 앞에서 꽃을 키우는 한 작가님이
이런 말씀을 해주신 적이 있다.

"낡으면 낡을수록, 오래되면 오래될수록, 식물과 잘
어울려요."

꽃도, 잎도, 줄기도, 짧은 시간에 만들어진 게 아니기
때문일까? 식물은 유난히 오래된 물건과 잘 어우러진다. 그래서
식물들은 내 낡은 피아노와 특히 잘 어우러지며 아름다운 정원
공간을 만들어주었다. 우선 피아노 옆에 키가 우뚝한 목본류들을
세운 후 그 옆으로는 작은 관목 느낌의 식물들을 늘어두었다.
반짝이는 햇살 속에서 피아노를 연주하며 식물과 교감하는 순간은
매우 특별한데, 하얀 건반 위로 떨어지는 식물들의 그림자마저
완벽하다.

그런데 유튜브나 인스타그램 등 사진과 영상으로 내 실내
정원을 본 사람들이 감탄과 칭찬의 말과 함께 자주 하는 말이
하나 있다. 바로, "꽃은 잘 안 키우시나 봐요?"이다. 머쓱한 마음에
내 방과 거실 정원을 둘러보면 정말이지 틀린 말이 아니다. 여느
베란다 정원이나 식물 가게에서 마주하게 되는 다양한 꽃들, 봄의
화려함보다는 오로지 오뉴월의 녹음만이 무성할 뿐이니 말이다.
사정이 이렇다 보니 녹음 사이사이 올라오는 붉은 꽃볼의 제라늄
소식을 전할 때면 "아니, 어떻게…… 제라늄은 키우시네요?"라며
의외라는 반응도 심심치 않다. 이렇듯 내 정원에 꽃은 정말
희소한 존재다.

사실 나는 꽃이 피는 야생화를 좋아한다. 봄소식을 가장
먼저 알려주는 산수유와 목련, 봄과 여름을 이어주며 달콤한
향을 뿜어내는 등나무와 라일락, 담벼락을 붉게 수놓는 고혹적인
장미……. 겨우내 잠들었던 메마른 가지에서 싹을 틔워 저마다의
색깔로 산과 들을 물들이는, 그런 마음 설레게 하는 꽃 말이다.

한때는 관엽식물보다 꽃을 위주로 키우기도 했다. 초연초,
솔채꽃, 캄파눌라, 로벨리아, 앤젤로니아, 수국, 으아리, 그라스
종류의 식물을 서쪽 다용도실 선반에서 키웠다. 하지만 그곳 역시
꽃밭을 품기에는 햇빛이 턱없이 부족했다. 식물생장등 하나 없이
온전히 반나절 서향 햇살 한 줄기에 기대어 키우다 보니 웃자라기

일쑤, 겨우 피워낸 꽃도 생각과는 달리 볼품없는 경우가 많았다. 그러다 결국 뜨거워지는 여름을 맞이하면 결과는 참혹했다. 찌는 듯한 여름 더위 속에 꽃들은 풀이 죽어 흐물흐물해졌고 잎은 속부터 까맣게 말라버리기 시작했다. 문제는 너무 높이 올라가는 온도뿐만이 아니었다. 추위를 맛봐야 꽃을 올리는 관화식물들, 호주가 고향인 식물들도 이들의 고유한 유전자를 무시한 채 내 욕심으로 키우다 보니 하염없이 약해질 수밖에 없었다. 냉혹하리만큼 추운 겨울을 지내야 이듬해 꽃을 피울 수 있는 튤립도 내 방에서 무리였다. 왁스플라워나 호주매화 같이 호주에서 자라던 식물들도 원하는 만큼의 뜨거운 햇살과 밤의 추위를 겪지 못하고 사시사철 일정한 환경이 유지되는 실내에서 점점 약해지다가 결국 온갖 해충들에 시달리며 꽃다리를 건너는 지경에 이르곤 했다.

처절한 모습으로 떠나버린 이 식물들을 앞에 두고 나는 좌절할 수밖에 없었다. 자연의 풍파를 나름대로의 방법으로 겪어내며 식물들이 쌓아온 만고의 경험치를 무시하면서 이들을 건강히 키워내는 것이 얼마나 어려운 일인지 절절히 깨달았다. 그때부터 내가 제공할 수 있는 환경에 잘 적응할 식물, 병충해에 강하고 큰 어려움 없이 키울 수 있는 식물들에 눈을 돌리기 시작했다. 그것이 바로 관엽식물 정원을 가꾸게 된 계기였다. 계절 없이 따뜻하고 울창한 열대 숲, 겹겹이 드리워진 잎사귀들

틈을 비집고 겨우 들어오는 빛이나마 앞다투어 경쟁해 살아남는
열대 관엽식물은 내 방과 거실 창가에서 큰 무리 없이 적응해 잘
자라주었다.

　　플랜테리어planterior. 요즘에 특히 더 많이 눈에 들어오는
단어지만 사실 예전부터 늘 존재했던 인테리어 방법이기도 하다.
플랜테리어란 플랜트plant와 인테리어interior라는 두 단어를 합성한
말로 식물을 이용해 실내 곳곳에 변화와 아름다움을 의도하는
디자인 방식을 말한다. 인위적으로 만들어진 공간인 실내에
자연의 싱그러움과 생기를 더하는 방법은 최고의 인테리어

전략이다. 하지만 '플랜테리어'라는 말에 집착해 자신이 처한
환경이 과연 식물이 잘 자라기에 적합한지에 대한 고민과 관찰
없이 무작정 식물을 들여 소품처럼 활용하는 것에는 반대한다.
그저 예뻐 보인다는 생각만으로 '아무' 식물이나 데려와 실내에 둔
결과 그 뒷감당을 식물 혼자 오롯이 해내다가 결국 오래 버티지
못하고 꽃다리를 건너는 경우가 수없이 많다. 실내 어두운 구석,
동굴 같은 화장실, 햇빛 한 점 들지 않는 공간에서 힘겹게 버티다
못해 무너지는 식물들을 볼 때면 그저 안타까울 뿐이다.

　　그러니 욕심으로 혹은 무관심으로 아무런 배려 없이 식물을
들이기보다는 내가 처한 환경을 먼저 분석하고 그에 맞는 식물을
찾아 키우는 연습을 하는 것이 진정한 플랜테리어의 출발점이라고
생각한다. 그렇다고 키우고 싶은 식물을 환경에 맞지 않는다는
이유만으로 포기하라는 의미는 아니다. 자신이 제공할 수 있는
환경에 잘 맞지 않는 식물이라 하더라도 식물이 적응할 수 있도록
최선의 노력을 기울여보고 그 식물에게 필요한 기본적인 요소들을
공부하며 경험을 쌓아간다면 식물을 잘 키울 수 있는 것은 물론
이들을 더 잘 알아가고 깊이 교감하는 즐거움 또한 누릴 수 있을
것이다. 물론 내가 해내지 못했다고 해서 내 경험이 전부라고 말할
수는 없다. 분명 누군가는 그 어려운 일을 해낼 것이기에, 성실하게
식물을 키울 수 있는 책임감을 가진 모든 식집사들을 열심히

응원하고 싶다. 시도도 해보지 않은 채 포기하기에는 식물과
가까워지는 즐거움이 너무나도 크다. 소리 내어 말하지 못하지만
잎, 뿌리, 꽃으로 우리에게 말을 건네는 것이 식물이다. 아프면
잎을 통해 신호를 보내고, 행복하면 잎을 올리며 꽃을 피워준다.
비록 동물처럼 바로 알고 인지할 수 있는 형태의 교감은 아닐 수
있지만 그렇기에 더욱 깊은 심리적 위안과 기쁨을 가져다주는
존재가 바로 식물이다.

　　식물에 대한 애정과 노력이 밑받침된다면 언뜻 일탈처럼
보이는 시도가 뜻밖의 발견을 가져다주기도 한다. 나 역시 햇빛이
부족한 공간에서 제라늄과 분재 사랑초를 키우고 있다. 내 환경에
잘 맞지 않는 식물이지만 노력을 기울이는 가운데 계속 함께할
수 있는 방법을 찾아내기도 하고, 생각보다 힘든 환경에서 잘
견뎌주는 식물을 발견할 수도 있다. 그러니 꽃을 사랑하지만
충분한 빛과 바람이 부족한 곳에서 사는 식집사들이여, 부디
희망의 끈을 놓지 마시길. 나처럼 척박한 환경 속에서도 얼마든지
꽃을 키우고 즐길 수 있으니 말이다. 물론 그러기 위해서는 조금 더
따뜻한 시선으로 내 환경과 식물들을 관찰하여 이들과 오래도록
함께 지낼 수 있는 타협점을 찾는 데 시간이 필요하겠지만 말이다.

° 정원 속 그곳에 고사리가 있다

여름 오후, 원고에 곁들일 식물 사진을 찍으려고 렌즈를
들이미는데, 유튜브 플레이리스트에서 김윤아의 '봄날은 간다'가
흘러나온다. 김윤아의 목소리와 함께 왠지 모를 묘한 이끌림을
따라 고등학교 시절 그 여름날이 떠오른다. 고2 여름방학,
자율학습도 빠지고 침대에 누워 MP3에 담긴 플레이리스트를
들으며 낮잠이나 자던 오후. 매미는 울고, 덥고 습한 공기에 온몸이
나른해지던 그날도 나는 '봄날은 간다'를 듣고 있었다. 전주부터
몽글몽글 낙조 같은 빛이 퍼지는 분위기, 무심한 듯 힘 있는
김윤아의 목소리. 노래와 함께 지나간 잿빛 기억에 색채가 더해진
것처럼 2008년 어느 여름날, 나른한 오후의 공간, 향기, 분위기가
느껴진다. 노래가 시공간의 지표를 짚어주는 것 같다고 할까.
그렇게 덧없이 지나간 봄날을 뒤로하고 장마를 지난 내 정원에
피어오른 녹음이 노래와 미묘한 대비를 이룬다.

요즘은 내 정원에 예쁜 소품보다 낯선 풀, 흙 냄새 짙은 식물
하나를 더 놓고 싶은 생각에 이런저런 고민에 빠져 있다. '심플한
게 최선'이라는 말도 있지만 플랜트 맥시멀리스트인 내게 여백의
미를 유지하기란 여간 어려운 일이 아니다. 식물 공간을 구성할 때

가장 중시하는 것 중 하나는 자연스러울 것. 서로 너무 다르지도
똑같지도 않은, 모나지 않은 공간이어야 한다는 점이다. 이에
가장 잘 부합하는 식물은 바로 고사리다. 먹는 고사리를 떠올리는
분도 있겠지만 여기서 소개하고자 하는 고사리는 식용이 아닌
관상용이다.

고사리는 어떤 공간에 두어도 찰떡같이 어울리는
플랜테리어 치트키다. 늘 푸릇푸릇한 색감으로 공간을 단번에
싱그럽게 만들고, 화분 하나만으로도 풍성함을 연출할 수 있어
뭔가 모를 허전함을 채우기에 이만한 식물이 없다. 인류보다
훨씬 오래전부터 지구에서 생활한 덕인지 고대의 숲에서
튀어나오기라도 한 듯 태초의 신비로움을 지니고 있는 듯한
분위기도 이 식물의 매력에 한몫한다. 의외로 다육식물과 함께
두었을 때 잘 어울리고 열대식물과도 조화롭게 어울리며 두루두루
잘 어우러지는 편이다. 관리의 용이함도 중요하게 고려해야 할
요소인데 고사리는 빛에 예민하지 않아서 웬만한 실내 채광으로도
충분한, 크게 까탈스럽지 않은 식물이다. 무엇보다 병충해가 거의
없는 효자라서 실내 가드닝에 최적화된 몇 안 되는 식물 중 하나다.

멀리서 보면 잡초인 것 같지만 자세히 볼수록 매력적인
고사리. 언뜻 연약하게 보일지 모르지만 오랜 세월을 거치며
몇 번의 대멸종 위기까지 이겨낸 외유내강의 식물이다. 잎은

약해도 근경(뿌리 부분의 줄기)만큼은 튼튼해서 관리만 적절히
해주면 시들었다가도 금방 회복세를 띠고 일어난다. 새잎은 외부
환경으로부터 자신을 보호하기 위해 근경을 중심으로 웅크린 듯한
모습이지만 이내 잎이 펴지면서 고사리 특유의 독보적인 매력을
선보인다.

　　대표적인 고사리인 아디안툼은 은행잎처럼 생긴 오종종한
작은 잎들이 검은 줄기를 따라 피어난다. 연약해서 자주 다치는
잎사귀와 달리 지탱하는 줄기는 단단해서 잘 꺾이지 않는다.
곡선으로 유려하게 늘어진 잎들이 촘촘하게 쌓여 바람에 흔들리면
새벽녘에 피어오르는 안개처럼 곱다. 키우기 어려운 편에
속하지만 아름다운 외양 덕분에 인기가 많다.

　　새 둥지처럼 중앙에서부터 잎을 펼치는 아스플레니움.
연두빛 화사한 색이 정원에서 매일 피어나는 연꽃처럼 우아하다.
본래 높은 나무 위에 붙어 자라는 식물인데 그 형태에서 떨어지는
빗물과 유기물을 담기 위해 적응한 지혜를 엿볼 수 있다. 간혹
화원에서 거대한 체구를 가진 이 고사리를 마주치기도 하는데
크기와 위엄에 압도당하지 않을 수 없다. 열대 지방에서만
서식할 것 같은 모습이지만 의외로 비슷한 종이 제주도
삼도에 천연기념물 '파초일엽(아스플레니움 안티쿠움Asplenium
antiquum)'이란 이름으로 살고 있다.

(왼쪽) 아디안툼
(오른쪽) 아스플레니움
—

(왼쪽) 블루스타펀
(오른쪽) 무늬 보스턴
—

푸른 갈대밭을 떠올리게 하는 블루스타펀. 엄밀히 말하면
플레보디움 아우리움의 원예 품종이지만, 새잎에 특유의
아련한 푸른색이 감돌아 이 식물을 대표하는 이름이 되었다.
에메랄드빛 바다와 같은 다채로움이 담겨 있어 신비로움을
자아내는 고사리다. 어느 식물이든 새잎은 귀엽고 아름답지만,
블루스타펀이야말로 새잎이 돋보이는 식물이다. 또한 바람에
흔들리거나 손으로 건드리면 잎이 서로 부딪히면서 대나무 숲에서
들리는 것 같은 소리가 나기도 한다. 내건성(건조 상태를 견디는
성질)이 뛰어나 물 주는 시기를 놓쳐도 쉽게 마르지 않는 기특한
식물이다.

내건성에 있어 둘째가라면 서러울 보스턴 고사리 역시 어떤
공간에 두어도 아름다운 식물이다. 품종 개량을 통해 다양한 원예
품종이 개발된 네프롤레피스속 식물로 빅토리아 시대부터 꾸준히
사랑받아온 고사리다. 다른 고사리들과 다르게 잎을 밑으로
내려뜨려 마치 폭포수 같은 유려한 선이 아름답다. 웃자라면 길게
늘어지는 우아함이 있고, 햇빛을 잘 받으면 짧고 단단한 매력을
보여준다.

식물 이웃님이나 화원 사장님들과 이야기하다 보면
결론적으로 고사리에 이르게 된다. 마치 식집사의 종착역처럼
이 식물, 저 식물 다 키워봐도 고사리만 한 게 없다는 것이다. 물론

고사리만 마음속 1위라고 말하는 것은 아니지만, 식물에 대한
애정도를 따져본다고 할 때 여러 식물들이 순위를 오르내리는
와중에도 고사리는 부침 없이 늘 상위권을 지키고 있는 것이다.
값비싼 식물, 유행하는 식물들이 매년 홍수처럼 쏟아지는 요즘,
휘몰아치는 열풍과 인기에 휩쓸려 랭킹 차트를 오르락내리락하는
식물들과는 분명 다르다. 그 때문일까. 어느 곳에 있든지 고사리는
정답이다. 서재 책장의 선반 속에도, 거실 사이드 테이블 위에도,
심지어 주방 창틀에도. 한 톨의 빛이라도 허용되는 한 웬만한
역경은 겪을 대로 다 겪어낸 고사리의 생존 메커니즘은 그 어떤
실내 공간도 싱그러운 생명력으로 메꿔준다. 요령이나 멋을
부리지 않고도 그 존재만으로 자신의 공간을 분위기로 장악한다.

　　봄날은 덧없이 흘러가 붙잡을 수 없어도 정원 속 그곳에는
늘 고사리가 있다. 그런 고사리가 좋다.

공간별 추천 고사리

거실_ 보스턴 고사리

고사리 중 내건성이 뛰어나 건조한 환경에서도 싱그러운 보스턴 고사리는 허전한 공간을 채우기에 매우 좋은 형태를 갖고 있다. 보스턴 고사리는 물을 자주 챙겨줘야 한다는 편견에서 벗어날 수 있는 고사리 종류로 꽤 오랜 시간 물을 주지 않아도 버티는 강인함도 보인다. 단, 흙이 완전히 메마른 상태에서는 오래 버티지 못한다. 부드러운 곡선의 형태로 아래로 늘어지는 잎이 특히 아름다워 눈높이 혹은 그보다 위에 두고 감상하면 매력이 더욱 돋보이는 식물이다. 행잉 화분에 심어 천장에 매달아 두어도 아름답다. 행잉 연출이 어렵다면 사진과 같이 선반 위에서 키우는 것도 나쁘지 않은 선택이다. 풍성하게 자라는 특성 때문에 무게감이 느껴져 낮은 곳에서 키우면 지저분해 보일 수 있기에 눈높이 이상에 두고 아래로 잎을 늘어뜨리게 하면 단번에 시선을 집중시킨다. 거실에 큰 나무 대신 단아하면서 색다른 메인 식물로 두기에도 좋다. 거실 사이드 테이블에 올려두어도 좋고 스툴 위에 두고 연출해도 아름답다. 인테리어 쇼룸에서 혹은 조화로 자주 볼 수 있는 이유가 바로 여기 있다.

부엌_ 상록넉줄(후마타) 고사리

우리나라의 아파트 부엌에는 설거지하며 밖을 볼 수 있는 작은 크기의 창이 있는 경우가 많다. 햇빛이 잘 드는 방향의 창이라도 크기도 작고 공간도 좁아 식물 키우기에 제약이 따를 수 있다. 이런 환경에서도 키우기 좋은 고사리가 있으니 바로 상록넉줄 고사리다. 부드러운 근경과 잎을 지닌 상록넉줄 고사리는 건조한 환경에서도 잎이 잘 타지 않는 것

으로 유명하다. 또 흙이 메마른 상태에서도 잘 시들지 않아 물 주는 시기를 놓친 경우에도 빠르게 회복하는 식물이다. 웬만한 식물 똥손도 죽이지 못하는 식물로 꼽힐 만큼 극강의 생존력을 자랑한다. 비교적 작고 밀집하는 형태로 자라기 때문에 공간이 여유롭지 않은 부엌 창에서 키우기 좋다. 분갈이를 하지 않고 오래 키워도 무탈하며 시간이 흐르면서 화분 밖으로 늘어지는 근경이 멋스럽다. 다른 고사리들에 비해 여백의 미가 많은 편으로 동양의 멋을 느낄 수 있기도 하다. 플라스틱 화분보다 토분에 심으면 단아한 멋이 더욱 살아난다.

침실_ 아디안툼 히스피둘룸 '브론즈 비너스'

보통 시중에 유통되는 아디안툼은 물 관리가 어려워 꽃다리를 건너는 경우가 많다. 이때 유통명 '브론즈 비너스'라고 불리는 아디안툼 품종이 좋은 대안이 될 수 있다. 햇빛이 잘 들고 일교차가 커지면 단풍이 든 것처럼 새잎이 붉게 발현되기도 하는데 청동색처럼 아름답다. 물을 자주 챙겨줘야 하지만 햇빛에서 멀어질수록 과습에 노출될 위험도 커지니 너무 실내 안쪽에서 키우는 건 좋지 않다. 아디안툼의 특유의 하늘하늘 연한 잎이 부드러운 인상을 주므로 휴식을 취하는 침실 창가, 협탁, 스툴, 책상 위에 두고 키우기에 알맞다. 건조한 환경을 잘 견디지 못하므로 분무기를 이용해 습도를 맞춰줄 수도 있지만 이는 일시적인 방법에 불과하니 흙을 촉촉하게 유지하는 편이 좋다. 가습기처럼 강력하지는 않겠으나 물을 자주 주다 보면 미약하나마 습도 향상에 도움이 될 수 있어 침대 옆에 두고 키워도 좋다. 물을 자주 먹고 빠르게 흡수하기 때문에 토분보다 플라스틱 화분에 심어 조금 더 게으르게 물을 챙겨주는 전략도 괜찮다.

° 때론 봄날의 살구꽃으로

"달모래님~! 윤님~!"

오전 11시 경기도 고양시 원당역 5번 출구 앞에서 나는 마음 속으로 외치고 있었다. 이윽고 하얀색 SUV 차량이 내 앞에 멈춰 섰다. 문을 열고 들어가니 식물들이 한 상자 가득이다.

"오셨어요, 그랜트님?"

뒤돌아보며 밝고 명랑한 목소리로 반겨주는 두 식물 이웃, 달모래님과 윤님이다. 멋쩍게 인사하며 주변을 보니 앞 좌석 컵 홀더에는 커피 대신 식물이, 뒤 트렁크에는 화분이 쌓여 있다. 보아 하니 오늘 교환하거나 선물할 식물들인 게 분명하다. 절대 빈손으로 오지 않는 식집사들의 마음이 그대로 드러나는 훈훈한 풍경이다. 오늘의 목적지로 향하는 동안 차 안은 온통 식물 이야기로 채워진다. 오늘 만난 이웃들이 대학생일 무렵 나는 아직 초등학교에도 입학하지는 못했을 정도로 나이 차가 있지만 식물이라는 공통 주제로 만난 사이라 그런지 전혀 어색하지 않은, 지극히 평범한, 식물인들의 일상이다.

달모래님과 윤님은 내가 식물 생활을 하며 만난 이웃이다. 달모래님은 SNS를 통해 식물에 대해 소통하다가 식물 교환

겸 만난 것이 계기가 되어 지금까지 관계가 이어지고 있다.
'달모래'라는 닉네임은 막내 아이가 엄마의 정원에 붙여준 감성
어린 이름이란다. 어릴 때 쓰던 영어 이름에서 그대로 가져온
내 닉네임이 초라해 보일 정도로 예쁜 한글 이름이다. 댓글과
메시지 창에서 서로를 닉네임으로 부르던 게 익숙해진 나머지
실제로 처음 만난 자리에서도 자연스레 닉네임을 사용했고 그
덕에 이제는 닉네임이 서로의 정체성이 된 것만 같다. 그래서인지
모임 끝에 나들이 비용을 정산할 때면 계좌에 찍힌 본명이 도리어
낯설고 멀게 느껴진다.

　　물론 이름은 이웃들에게만 있는 것이 아니다. 내 화분에도
이름표가 있다. 내가 따로 지어준 이름은 아니고 식물이 가진 본래
이름, 즉 학명을 적은 것들이다. 이 이름표로 말하자면 나의 식물
'업앤다운'을 함께해준 나만의 식물 단짝이자 나보다 더 식물에
진심인 또 다른 이웃, 토끼여우님의 상품이다. 오래전 블로그에
식물 사진과 내 생각이 적힌 글을 조곤조곤 적곤 했는데 그때마다
늘 댓글을 달아준 이웃이 바로 토끼여우님이다. 그때부터 우리는
서로 얼굴은 모르지만 각자의 정원에서 어떤 해충을 발견했는지,
어떤 식물이 어떤 잎을 올렸는지, 자신의 근황을 식물을 통해
알리곤 했다.

굳이 귀찮게 이름표를 다 붙여놓은 게 번거로워 보일지도
모르겠다. 하지만 외계어처럼 들리는 식물의 본명을 제대로
기억하고 파악하기에는 이만 한 것이 없다. 내가 사용하는
이름표는 모던한 검은색 플라스틱으로 디테일부터 분위기가 달라
장식적인 기능도 충실한, 가드닝의 필수품이다. 식물 이웃으로
지내던 어느 날 토끼여우님이 가드닝 용품 쇼핑몰을 오픈했다는
소식을 전해오더니 예쁘고 실용적인 원예용품들을 쏙쏙 뽑아
추천해주는 덕에 고민을 한결 덜게 되었다. 다양한 식물을 직접
키우며 고민해왔기에 소비자의 입장을 잘 헤아리는 안목을 겸비한
토끼여우님의 활동을 온 마음으로 응원하고 있다.

식물을 많이 키우다 보니 잘 알고 외우던 이름도 조금
방심하면 낯설어지곤 한다. 그래서 화분에 이름표는 필수다.
지구에 사는 식물은 얼마나 많고 또 이름은 얼마나 다양한지!
하지만 다행히도 헷갈리지 않도록 식물에게 붙여진 고유한
이름이 있으니 바로 학명이다. 식물의 본명이라고도 할 수 있는
학명은 알파벳으로 표기되며 속명과 종명으로 이루어져 있다.
사람의 이름에 빗대 설명하자면 속명은 성이고 종명은 이름에
해당한다. 예로 들어 휘커스(피커스) 엘라스티카Ficus elastica라
불리는 인도고무나무가 있다. '휘커스'라는 속명을 가진 식물은
엘라스티카 외에도 인도보리수인 휘커스 렐리지오사Ficus

religiosa, 벵갈고무나무라 불리는 휘커스 벵갈렌시스Ficus
benghalensis 등이 있다. 즉 인도고무나무는 수많은 휘커스속
식물 중 엘라스티카라는 이름을 가진 식물인 것이다. 물론
인도고무나무라는 이름으로 더 많이 통용되고 있긴 하다. 식물을
쉽고 친숙하게 기억할 수 있고 식물이 가진 속성도 잘 다가오기
때문이다. 그래서 국가표준식물명처럼 공식적으로 국명이 붙은
나무들도 있다. 하지만 가급적이면 학명으로 이름표를 적어두는
나만의 이유가 있다. 같은 식물이지만 나라마다 부르는 명칭이
다르고, 별명격인 이름이 있는가 하면, 시장에서 통용되는 유통명,
그리고 이로 인해 잘못 번역된 이름에 이르기까지……. 식물은
하나인데 다양한 이유로 각양각색의 이름이 덕지덕지 붙은 경우가
많다. 그래서 되도록 혼란을 줄이고 식물을 더 정확하게 알고
싶은 마음에 좀 어렵더라도 학명으로 그 식물의 이름을 익히려고
노력 중이다. 특히 요즘은 유행하는 식물군과 그에 따른 품종이
다양하게 유통되는 경우가 많아 정확한 이름에 대한 필요성이
더욱 절실하게 다가오곤 한다.

　　특색 있는 잎 모양으로 둘째가라면 서러울 식물 안스리움은
처음 접하면 어쩐지 음침해 보인다는 이유로 꺼리는 이들도
없진 않다. 그러나 그 매력에 한번 빠지면 헤어나올 수 없는
'마라 맛' 식물이기도 하다. 2018~2019년경 천남성과 식물들이

식물 애호가들 사이에서 큰 인기를 누리기 시작하면서 가격
고공행진과 함께 조용히 잠에서 깨어난 안스리움은 곧 애호가들
사이에서 치열한 경쟁과 함께 큰 인기를 누리기 시작했다.
이때부터 식테크 식물의 대표격으로 언급되며 꽤 높은 가격으로
거래되기 시작했다. 종류도 많고 개성 넘치는 이 식물은 본래
남아메리카에서 서식하던 것으로 자연에서도 곧잘 서로 다른
종끼리 교배되어 개체 변이가 잘 이루어지는데, 애호가들
사이에서도 교배종이 많기로 유명하다. 시중에서 인위적으로
만들어진 안스리움 교배종들을 자주 접할 수 있는데 이들은
안스리움 '다크마마', 안스리움 '에이스 오브 스페이드(에오스)' 등
학명이 아닌 품종명으로 유통되고 있다.

　　　이외에도 남미와 비슷한 기후 환경인 동남아시아 일부
지역에서 다채로운 품종과 형태로 만들어진 식물들이 유통되는
경우도 있다. 때문에 본래 고향인 남미의 원종과 교배종, 도입된
국가에서 탄생한 교배종 등이 각각의 환경과 변이에 따라 다양한
특징을 갖게 되어 기상천외한 이름으로 불리곤 한다. 심지어 원래
이름을 아예 잃어버린 채 다른 식물의 이름으로 잘못 불리는
경우도 허다하다. 그러면 이 식물이 원래 어떤 종이었는지 제대로
인식하기조차 어려울 지경이 된다.

　　　하티오라 살리코니오이데스Hatiora salicornioides는 브라질

일대에 서식하는 식물로 햇빛을 잘 받으면 빨갛게 줄기가 변하는
열대 다육식물이다. 노란 꽃이 줄기 끝에 피면 꽤나 인상적인
모습으로, 천장이나 높은 곳에 매달아 키우기 좋고 선반 장식에도
적절해 인기가 많다. 그런데 이 식물은 '립살리스 뽀빠이'라는
전혀 다른 이름으로 유통되고 있다. 립살리스와 하티오라는
열대 선인장이라는 공통점은 있겠으나 엄연히 다른 속명을
가진, 다른 성씨의 식물이다. 또한 '뽀빠이'라는 엉뚱한 이름은
어디서 왔는지조차 유래를 알 수 없다. 한편 수도립살리스
라물로사Pseudorhipsalis ramulosa 역시 열대 선인장으로, 립살리스와
비슷한 외형을 가졌지만 립살리스와는 차별점이 있는, 엄연히
다른 식물이다. 이 식물도 '립살리스 수(슈)도', '립살리스 루비'
등의 이름으로 유통되는 경우가 흔한데 속명을 재구성해
새로운 이름이 만들어진 것이다. 이밖에도 에스키난투스
롱기카울리스Aeschynanthus longicaulis가 '호야 카이라이', 에피프렘눔
아우레움Epipremnum aureum은 '스킨답서스', 펠라고늄Pelargonium
inguinans은 '제라늄'으로, 이름이 뒤엉킨 식물의 예는 수없이 많다.
　　　학명은 만국 공통의 기호이자 약속된 언어다.
명확하게 식물을 파악하고 인식할 수 있는 수단이자 식물
이름의 표준어이기도 하다. 식물 체계를 분류하고 정확히
연구하는 데 있어 꼭 필요한 요소이자, 식물에게 고유한

의미를 부여하는 수단이기도 하다. 앞서 예로 든 하티오라
살리코니오이데스의 이름을 들여다 보면 '퉁퉁마디(함초)'의 속명
살리코르니아Salicornia, '비슷하다'라는 의미의 오이데스oides가
합쳐져 하티오라속으로 퉁퉁마디와 비슷한 식물이라는 의미를
가지고 있다. 한편 수도립살리스의 속명을 들여다보면 '거짓'을
의미하는 수도Pseudo와 립살리스Rhipsalis라는 단어가 합쳐져 '가짜
립살리스'라는 의미임을 알 수 있다.

　　본래 라틴어를 기본으로 만들어진 학명은 식물의 서식지,
고유 특징, 외형, 사람의 이름 등을 따서 만들어진다. 식물의
특성은 속명 혹은 종명에서 나타나는 경우가 흔하므로 이름을
제대로 이해할수록 그 식물에 대해 유추할 수 있는 단서들이
많아지는 셈이다. 외우기 쉽고 다양한 의미를 부여할 수 있는
별칭을 꼭 나쁘다고만 할 수는 없겠으나 식물이 원래 가지고 있는
정체성을 지켜주는 것 또한 중요하다고 생각한다. 김춘수 시인은
작품 '꽃'에서 "내가 그의 이름을 불러 주었을 때 그는 나에게로
와서 꽃이 되었다"라고 했다. 언어적 명시화가 없다면 그저
몸짓에 지나지 않았을 꽃은 이름을 통해 비로소 꽃이라는 존재가
되었다. 길을 걸으며 만나는 무수히 많은 식물들 역시 내가 이름을
불러주기 전에는 그저 흔하디 흔한 풀에 불과할 수 있다. 하지만
정확한 이름을 알고 불러주는 순간, 때로는 봄날의 살구꽃으로,

때로는 꽃비 흩날리는 벚꽃으로, 때로는 매화의 눈짓으로 내
이름을 불러줄지도 모르겠다.

° 누구나 그린썸이 될 수 있다

영미권에서는 식물을 잘 키우는 사람을 '그린썸green thumb'이라고 부른다. 반대로 식물을 잘 못 키우는 사람은 '블랙썸black thumb'이라고 한다. 우리나라에서 식물을 잘 키우면 '금손', 못 키우면 '똥손'이라 부르는 것과 같다. 이러한 명칭을 살펴보면 식물을 다루는 데 있어 문화권을 막론하고 공통적으로 '손'을 중요하게 여긴다는 사실을 알 수 있다. 식물을 심고, 물을 주고, 잎을 닦고, 벌레를 방제하는 일련의 과정 속에 늘 함께하는 손의 움직임이 우리의 의식과 무의식 속에 투영되어 있기 때문이 아닐까 한다.

자신을 보살펴주는 식집사가 그린썸이든 블랙썸이든 혹은 금손이든 똥손이든 식물은 언제나 인간에게 비언어적인 신호로 자신의 상태를 알린다. 예를 들어 수분이 과다 흡수되어 통기성이 좋지 않은 흙 때문에 새로운 산소를 공급받기 어려워져 뿌리가 서서히 썩어가기 시작하면 곧 잎이 까맣게 물들며 흐느적거리기 시작한다. 식물을 병들게 하는 주요한 원인 중 하나인 '과습'은 대부분 지하에서부터 일어나는 사건이기에 이후 지상부를 통해 증상이 나타나게 된다. 노련한 식집사라면 그 신호를 빠르게

감지하고 대처할 수 있을 것이다. 하지만 대부분의 경우 두 개의
갈래길 앞에서 갈팡질팡하는 것이 보통이다. 잎의 신호가 대체
물 부족인지 과습인지 정확히 인지하기가 쉽지 않은 까닭이다.
만약 과습의 신호를 물 부족으로 인지해 물을 더 준다면 그 식물은
오래지 않아 꽃다리를 건너고 말 것이다. 하지만 빠르게 화분을
뒤집어 털고 배수력 좋은 흙에 옮겨 심어준다면 다행히 그 식물은
살아날 것이다. 식집사의 판단이 곧 식물의 운명으로 직결되는
것이다.

식물이 보내는 언어는 눈에 보이지 않게 서서히 찾아오기도
하고 혹은 아침에만 해도 괜찮다가 저녁에 돌이킬 수 없는
지경이 되는 식으로 한나절 만에 급변하기도 한다. 이들의 언어를
파악할 때 식물 자체의 생리적인 요인 외에도 빛, 물, 바람과 같은
환경적인 요인들을 함께 고려해 판단하는 것이 필요하다. 그저
취미로 키우는 식물일 뿐인데 지나치게 원예학적으로 파고드는 건
아닐까 하는 의문이 들 때도 있지만 단순하게 접근하기에 식물의
세계는 너무나도 입체적이고 방대하다.

누구나 식물을 들이면 작은 생명이나마 쉽게 죽이고 싶지
않다는 '의지'를 느낀다. 화원에서 작은 화분을 데려올 때에도
"햇빛 좋아하나요?", "물은 얼마나 줘야 해요?", "어디에 놓고
키워야 해요?" 같은 일련의 질문들을 쏟아내는데 바로 이러한

의지에서 비롯된 행동이다. 그래서 나는 누구에게나 식물을 잘
키울 수 있는 잠재력이 있다고 믿는다. 더 정확하게는 그린썸이
되고 싶은 욕망이 존재하는 것이다. 다만 자신한테 맞는 식물,
자신이 잘 키울 수 있는 식물을 아직 만나지 못했을 뿐이다. 식물을
키우게 된 계기야 어떻게 되었든 식물을 잘 키우고자 하는 마음,
식물을 이해하려고 하는 작은 의지가 있는 한 누구든지 식물을 잘
키울 수 있다. 모두 그린썸이 될 수 있다.

　　우리나라 식물 시장을 기준으로 보자면 식물은 크게 야생화,
다육식물, 관엽식물, 침엽식물, 난초 등으로 나눠볼 수 있다.

이 같은 큰 범주 아래 세분화해보자면 야생화는 여러해살이와
한해살이 등 국내와 국외에서 자라는 다양한 종류들이 존재한다.
아메리칸 블루, 수국, 한련화같이 환경만 맞다면 실내에서 키우기
적합한 식물들도 여기에 포함된다. 한편 다육식물은 유포르비아,
세덤, 크라슐라, 선인장과 같이 자신의 몸에 수분을 많이 저장하고
있어 보통 물을 자주 주지 않아도 되는 식물들이다. 열대지방에서
주로 서식하는 관엽식물은 잎이 크고 실내의 부족한 빛으로도
충분히 클 수 있다. 몬스테라, 홍콩야자, 고무나무 등이 여기에
속한다. 침엽식물은 잎이 아주 가늘고 햇빛을 좋아하며 상록성(1년
내내 잎이 녹색을 띠는 성질)으로 추위에 강한 블루아이스와 같은
식물들이다. 난초는 호접란, 카틀레야 같은 종류들이 있다. 물론 더
정확하고 세심한 식물학적 분류법에 따라 과, 속, 종 등의 명칭으로
분류하는 방법이 있겠으나 이 정도만 알고 있어도 식물 시장에서
흔히 통용되는 이름을 이해하거나 식물 키우기라는 취미를 누리는
데 큰 어려움이 없다. 또한 이러한 식물 분류법만 이해해도 각
종류에 따른 관리법을 쉽게 파악할 수 있고, 자신이 제공할 수 있는
환경과 식물이 요구하는 환경의 교집합을 찾을 수 있다.

　'내 환경'이라는 말 속에는 내가 식물을 키우는 공간의
특징과 더불어 내 생활 패턴과 습성도 포함된다는 사실을 알아야
한다. 다시 말해 식물을 키우고자 하는 공간에 빛이 어느 정도

드는지, 남향인지 북향인지, 남향이라면 창문 앞을 가리는 요소가
있는지 없는지, 주택인지 아파트인지, 고층인지 저층인지 등
다양한 요소들을 고려해야 한다. 동시에 내 생활패턴도 잘 살펴야
한다. 예를 들어, 장기 출장이 잦거나 물을 자주 챙기기 힘든
생활을 하는 사람이라면 야생화나 관엽식물을 키우기에 적합한
생활패턴을 가지고 있지 못할 확률이 높다. 더군다나 야생화로
분류되는 식물은 물을 많이 필요로 하고 뿌리도 금방 자라기에
화분을 자주 갈아주어야 한다. 또한 이들은 햇빛 요구량이 높아
실내에서 키우기에는 여러 어려움이 따른다. 만약 남향집으로
햇빛이 아주 잘 들지만 물을 자주 줄 수 없는 생활패턴을 가지고
있다면 한 번에 꼼꼼하게 주되 다시 물을 주기까지 비교적 시간의
여유가 충분한 선인장 종류가 적합할 것이다. 이처럼 나의 환경과
식물이 잘 맞아야 식집사도 식물도 서로 힘들지 않으므로 궁합이
좋은 것이다.

　　반대로 생활이 많이 바쁘다 하더라도 식물에게 마음을 쏟을
수 있는 여유가 있고, 오히려 물을 습관적으로 자주 챙겨줘야
불안함이 해소되는 성격을 가진 사람이라면 물을 아주 좋아하는
아디안툼과 같은 고사리 종류가 적합하다. 이때 고사리는 빛이
장시간 들지 않는 실내에서 간접광만으로도 충분히 생장하는
식물이기에 키울 수 있는 환경의 스펙트럼이 더욱 넓어질 것이다.

식물을 들일 때 내 눈에 예뻐 보이기도 해야겠지만, 그 식물에 대한 아무런 배경 지식 없이 단순히 외양만 보고 입양을 결정한다면 위험요소가 너무 많다. 자칫 내 안의 그린썸 잠재력을 펼쳐보기도 전에 '나는 식물 똥손인가' 하는 좌절감에 빠질 수 있는 것이다. 로즈마리가 아무리 예뻐도 야외 직광과 같이 질 좋은 햇빛과 풍부한 일조량, 원활한 통풍, 충분한 물 주기를 제공할 수 있는 환경이 아니라면 로즈마리를 키우면서 꽤나 애를 먹을 수도 있다. 의지가 아무리 충만하다고 한들 로즈마리는 환경의 결핍 속에서 차츰 생명력을 잃어갈 테고 각종 병해충에 노출되어 시들고 말 것이다. 결국 식물을 키우는 즐거움 또한 지속하기 힘들어진다. 그러니 식물이 잘 자라지 못한다면 그것은 결코 내 잘못만은 아니다. 실패의 원인은 아마도 내 환경과 생활패턴에 맞는 식물을 찾지 못했기 때문일 확률이 높다. 그러니 기억하자. 누구나 그린썸이 될 수 있다. 누구나 잠재적 그린썸이다. 그린썸이 되기 위한 지혜로운 노력, 세심한 관찰만 뒷받침된다면 말이다.

2장

○

서서히 다가오는 식물의 언어

°식물이 좋아하는 방식으로 물 주기

꽃시장에서 마음에 드는 식물을 들였다. 식물이 빛을 필요로
한다는 걸 알기에 우선 창가에 두었다. 이제, 한 가지 난관에
부딪히게 된다. 바로 식물 키우기의 기본이자 가장 반복적인 것, 즉
물 주기이다(여기서 물 주기는 '어떤 현상을 되풀이하기까지의 기간'을
뜻하는 '주기週期'가 아닌 물을 '주다'라는 말에서 나온 '주기'를 말한다).

"물은 며칠에 한 번 주나요?"

나 역시 식물을 처음 키우면서 했던 이 질문. 대부분 답은
이런 식으로 돌아온다.

"일주일에 한 번." 혹은 "한 달에 한 번."

그런데 이는 완전히 맞다고도 혹은 틀리다고도 할 수 없는
애매모호한 답이다. 식물 물 주기에 대해 정확히 파악하려면 일단
좀 더 넓게 바라볼 필요가 있다. 창문 밖 자연부터 관찰해보자.
자연 상태에서 식물은 일정한 간격을 두고 규칙적으로 물을
공급받지 않는다. 비가 올 수 있는 조건이 충족될 때 비로소 비가
내리고 식물의 뿌리는 지하로 스며든 물을 흡수한다. 다시 말해
식물 생장의 필수 요소인 물이 자연환경에서는 때로 사치스러운
자원이 되기도 한다는 의미이다. 그러니 일정한 주기에 맞춰

공식처럼 물을 준다면 도리어 식물과 이별하게 될 수도 있다. 무궁무진한 변수와 다양성이 존재하는 자연을 그저 인간의 관점으로 쉽고 편하게 이해하는 것이 바로 잘못된 물 주기의 출발이다. 그렇다면 식물이 물을 언제 필요로 하는지는 어떻게 알 수 있을까?

일단 가장 확실한 지표는 바로 흙의 수분 상태다. 더 엄밀히 말하면 화분에 담긴 흙이 마른 정도를 파악하는 것이다. 비록 절대적인 정답이라고 할 수는 없지만 적어도 화분에서 키우는 식물이 필요로 하는 시기에 물을 공급할 수 있게 도와주는 분명한 지표다. 다만 이때 중요한 전제 조건이 하나 있다. 비록 이상적인 정도까지는 아니더라도 식물의 종류와 식물이 처한 환경에 따라 생장할 수 있는 최소한의 빛은 유지되는 환경이어야 한다는 점이다. 예를 들어 거실에서 키우는 산세베리아를 생각해보자. 자생지에서 양지 바른 곳에 자라는 산세베리아는 햇빛이 부족한 곳에서도 곧잘 자라기에 실내에서 믿고 키울 수 있는 몇 안 되는 식물 중 하나다. 그런 산세베리아가 어느 날 꽃다리를 건넜다. 키우기 쉽다고 소문난 이 식물이 왜 떠나고 말았을까? 원인은 잘못된 식물 배치와 흙의 불균형 때문이었다. 어두운 곳에서도 잘 버텨주는 식물이라고 철석같이 믿었던 까닭에 지나치게 어두운, 동굴 같은 구석에 둔 것이 패인이었다. 거실 양쪽 창문으로부터

적어도 6미터 이상 떨어진 그곳은 식물이 생장하기에 충분한
에너지를 만들 수 있는 장소가 아니었다. 화근은 또 있었다.
공극(토양 입자 사이의 틈)이 크지 않고 오밀조밀하게 붙어
있는 구성으로 배합된 흙에 심은 것이다. 이런 흙은 토분이라
하더라도 수분이 빠르게 마르지 않는다. 그렇지 않아도 빛이
부족해 물 소모가 적은 곳에 있는 산세베리아의 뿌리는 물기가
잘 마르지 않는 흙에서 지속적으로 축축한 상태를 이겨내기
버거웠을 것이다. 뿌리는 숨을 쉴 수 없어 썩어들어갔고, 완벽히
말라 있는 것처럼 보였던 흙의 안쪽은 너무 오랜 시간 축축한
상태였던 것이다. 이처럼 생태계의 순환 고리에서 어느 하나의
요소라도 문제가 생기면 균형이 흔들린다. 자연은 정밀하고도
미세한 메커니즘으로 운영되고 있다. 따라서 속흙까지 말랐다고
무조건 물을 주기보다는, 식물이 수분을 충분히 소모할 수 있는
빛과 바람이 제공되는 공간에서 키울 때 흙이 어떤 상태인지를
파악하려는 자세도 필요하다.

　　어떤 식물은 과습에 약하기 때문에 물을 싫어한다고
말하기도 한다. 그런데 사실 물을 싫어하는 식물은 없다. 초록
생명이 살아가는 데 있어 물은 필수 요소이며, 광합성을 할 때도
반드시 있어야 하는 중요한 물질이다. 선인장처럼 과습에 약한
식물도 강렬한 태양과 기나긴 건조에 대비하기 위해 형태가

변화했을 뿐 물을 싫어하는 것은 아니다. 물을 싫어했다면 자신의 몸속에 그 많은 수분을 저장하고 있지 않았을 테니 말이다. 문제는 식물의 뿌리다. 물을 지나치게 자주 줘서 흙이 축축한 상태가 장시간 지속되면 뿌리가 썩는다. 새로운 산소를 공급받을 수 없는 뿌리는 축축한 흙 속 환경에 대응하기 어렵다. 그 결과 뿌리가 썩은 식물은 물을 흡수하지 못해 점차 시들어간다. 새잎은커녕 성장이 멈춘 듯 서 있다가 갑자기 잎이 말라버리거나 까맣게 물러버리는 아이러니한 상황이 발생한다. 인간의 무지 혹은 과욕이 이러한 과습 상태를 만들어 식물을 힘들게 한다.

한 식물 이웃이 들려준 이야기가 생각난다. 선룸에서 알로에를 키우는데 햇빛이 풍부하게 들고 공기 순환도 잘 되는 장소인지라 흙이 금세 바싹바싹 말라버린다는 것이다. 당연히 물 주는 시기도 빠르게 돌아온다. 그런 환경에서 웃자람 없이 짱짱하게 자란 알로에의 뿌리는 금세 화분을 비집고 나온단다. 알로에를 일반적인 가정의 실내 환경에서 키웠다면 그렇게 물을 자주 먹지 않았을 것이다. 하지만 키우는 환경이 달라짐에 따라 물 주는 간격도 천지 차이로 달라질 수도 있다. 따라서 키우는 환경의 조건을 고려하여 흙이 마른 정도를 지표 삼아 물을 주는 것이 더 나은 방법이다.

식물이 처한 환경을 일일이 고려하고 매번 흙을 살펴보면서

물을 주는 것이 어찌 보면 성가신 일처럼 느껴질 수도 있겠다.
바쁜 일상 속에서 물 주기는 자칫 후순위로 밀려버리기도
하니까 말이다. 내 밥 챙겨 먹기도 힘든데 식물까지 챙길 여유가
어디 있지 하며 미루기도 한다. 폭염을 견디고 겨우 집으로
돌아왔는데 시원한 에어컨 바람과 맥주 한 캔의 위로는커녕
식물까지 보살펴야 한다니, 왠지 모를 중압감마저 들지 모른다.
특히 나처럼 식물 식구가 많은 경우라면 농사짓는 것과 다를
바가 없다. 그렇다. 물을 주는 건 책임이 따르는 노동이다. 하지만
이렇게 힘든 노동을 꾸준히 반복하고 즐길 수 있게 하는 힘이
존재한다. 식물이 주는 매력, 식물에게서만 느낄 수 있는 위안
같은 것들 말이다. 물론…… 누군가를 억지로 설득하고 싶은 것은
아니고, 다만 내가 식물과 함께 생활하며 느꼈던 것을 전하고
싶을 뿐이다. 물을 주면서 굳었던 몸을 잠시 곧게 펼 수 있고,
어떤 식물이 지금 목마른 상태인지 확인하는 과정에서 과부하된
머리를 잠시나마 말끔히 비울 수도 있다. 물을 주는 일에 집중하면
집중할수록 그 순간만큼은 세상에 온전히 나와 식물뿐인 것처럼
느껴지기도 한다. 그래서 식물에게 물을 주면서 도리어 멀리하고
싶은 감정이나 생각을 소화할 수 있는 여유가 생기기도 했다.
시원한 물줄기가 천천히 흙에 스며들 때면 내 마음도 고요해지는
것을 느꼈다. 아무 말도 못 하는, 보잘것없는 식물일 수도 있지만

그들에게 물을 주면서 나는 소진해버린 하루치 에너지를 다시
충전할 수 있었다. 그리고 그 후에 찾아오는 뿌듯함이란! 내
보살핌 아래 한층 더 싱그러워진 초록이들이 '오늘도 수고했어'
하고 나를 다독이는 것 같았다. 그리고 어느 여유로운 오후, 한
줌의 햇빛에 일렁이는 눈부신 식물들의 모습을 보며 감동한다.
그렇게 나는 또 물 주는 날을 손꼽아 기다리고 식물들이 들려주는
이야기에 귀 기울인다.

그랜트의
식물 노트

촉촉하게? 축축하게? 흙 상태 판별법

식물이 좋아하는 방식으로 물을 주려면 섬세한 관찰이 필수다. '일주일에 한 번'이 꽤 위험한 척도일 수 있다는 사실을 알게 되면 이제 흙을 만져보라는 말에 귀가 솔깃해진다. 그런데 '겉흙이 마르면 줘라', '속흙이 마르면 줘라'라는 표현도 애매하기는 매한가지다. 겉흙이라는 게 대체 어디까지 내려간 부분을 말하는 것인지, 또 어디서부터 속흙이라고 불러야 하는 것인지 아리송하다. 또한 '저면관수(화분 아랫부분을 물에 담가 뿌리와 흙이 물을 직접 흡수하게 하는 물 주기법)로 줘라', '흠뻑 줘라', '너무 많지 않게 적당히 줘라' 등등 정확한 수치가 없는 두루뭉술한 표현들이 난무하는 물 주기의 세계는 여전히 복잡하고 어렵다. 마치 꼬리에 꼬리를 무는 물음표의 열차를 탄 것 같은 기분이다.

그런데 곰곰이 생각해보자. 저 수많은 말을 자세히 해부해보면 공통적으로 이야기하는 한 가지가 있다. 바로 '흙의 상태'를 관찰하라는 것이다. 나는 다양한 식생에서 자라는 식물들을 키우고 있다. 고산지대, 해변가, 온대, 열대 등 식물들의 고향이 제각각이다. 이처럼 다양한 환경에서 적응해온 식물들이다 보니 단편적으로 물을 줄 수는 없다. 다만 한 가지, 흙의 상태를 면밀히 관찰함으로써 식물이 물을 언제 필요로 하는지 그 시기를 파악하는 열쇠를 얻을 수 있었다.

우선 다육식물은 자신의 몸에 물을 많이 저장하고 있기 때문에 화분의 흙이 모두 바싹 마르면 준다. 특히 선인장은 흙이 바싹 마르고도 한참 지난 후에 줘도 괜찮다. 그리고 실내에서 흔히 키우는 열대 관엽식물들은 흙의 '일부분'이 말랐을 때 다시 주면 된다. 열대식물이라도 자라온 종류와 환경에 따라 필요로 하는 물의 양이 다를 수 있지만 대개 화분 밑에서 3분의 1 지점, 물을 많이 소모하는 경우라면 2분의 1 지점이 말랐을 때 주면 좋다. 한편 고사리처럼 정말 습한 환경을 좋아하는 식물은 말라 있는 시간이 길지 않도록, 고르게 촉촉한 흙을 유지할 수 있도록 더 물을 자주 챙겨주는 게 좋다.

흙의 공극도 함께 고려하면 좋다. 괜히 배수력 좋은 배합의 흙에 식물을 심으라고 하는 게 아니다. 흙에서 뿌리가 숨을 쉴 수 있는 공극만 충분히 확보할 수 있다면 웬만한 과습 사태는 미연에 방지할 수 있다. 물론 이는 앞서 말했듯이 이상적이지는 않더라도 식물이 자랄 수 있는 최소한의 환경이 제공될 때 가능한 일이다. 빛이 너무 없거나 흙 배합이 고르지 않거나 물을 자주 찔끔 주거나 흙을 촉촉하게를 넘어 축축하게 유지하면 식물이 속절없이 곁을 떠나는 원인이 된다. 상황에 따라 다르겠지만 흙만 잘 관찰해도 식물이 갑작스럽게 꽃다리를 건너는 일은 막을 수 있다.

그런데 언제까지 이렇게 일일이 확인하며 물을 줘야 할까? 꼭 그래야만 하는 것일까? 식물 키우는 사람들 사이에 '물 주기 3년'이란 말이 있다. 어떤 식물에게 감으로 물을 줄 수 있을 때까지 3년은 키워봐야 한다는 것이다. 속설이지만 나도 조심스럽게 이 견해에 기대보려 한다. 식물과 오래 함께하다 보면 정말 '물 주기 감'이란 게 생겨 그때부터는 감으로 식물 종류에 따라 물을 주며 관리해도 무탈하니 말이다. 하지만 아직 언제 물을 줘야 할지 의심이 들고 불안하다면, 앞서 이야기한 열쇠들을 참고하는 것이 식물이 좋아하는 물 주기의 첫걸음이 될 수 있겠다.

° 오늘 하루치 햇빛

식물과 함께하며 생긴 일상 속 변화가 있다면 바로
날씨가 아닌 '절기'에 예민해졌다는 것이다. 스마트폰만 있으면
당장이라도 내일 날씨를 손쉽게 알 수 있는 21세기에 절기라니!
아무리 아날로그 감성을 좋아한다지만 디지털 시대를 사는 요즘
사람으로서 시대와 너무 동떨어진 이야기를 하는 것처럼 들릴지
모르겠다. 분명한 것은 식물을 키우고부터 빛에 예민해졌다는
사실이다. 식물을 키우는 일과 직결된 상황이 아니어도 본능처럼
오늘 하루 햇빛은 어떠한지 늘 관찰하고 유심히 보게 된다. 길을
지나다 좁다란 골목에 스며드는 빛에 매료되기도 하고, 실내
공간에 들어서면 가장 먼저 빛이 어디서 들어오는지 확인하게
된다. 빛이 생장의 필수 요소인 식물처럼 나 역시 빛을 갈망하게
된 것이다. 특히 빛은 같은 장소라 하더라도 계절의 흐름에 따라
시시각각 변한다. 그리고 이 빛의 변화를 가장 면밀히 관찰하여
농사와 원예에 적용할 수 있게 만든 것이 바로 '절기'다. 이는 본래
중국에서 유래된 것이라 우리나라 환경에는 완전히 들어맞지
않을 수 있다. 하지만 절기는 1년간 빛이 어떻게 변화하는지 그
전체적인 흐름을 예측할 수 있는 지표로 신뢰할 만하다.

시베리아 기단이 공기를 점령한 혹독한 겨울, 온 생명이
웅크리고 있는 한겨울을 지나다가도 봄의 시작인 입춘(양력
2월 4일경), 만물이 깨어난다는 경칩(양력 3월 5일경)이 지나면
신기하게도 빛의 느낌이 달라진다. 봄의 전조라고 해야 할까.
이 시기에 길을 나서면 가로수를 비롯해 모든 벌거벗은
나무들이 서서히 눈을 뜨기 시작하는 것 같다. 잎눈이 봉긋하게
부풀어오르는 춘분(양력 3월 21일경)에 이르면 빛은 더욱
따스해지고 길어지기 시작한다. SNS에 너도 나도 산수유꽃, 벚꽃,
진달래꽃 등 봄꽃 나들이 소식을 올리는 시기이기도 하다. 제법
온화해진 햇빛 속에 형형색색의 봄꽃들이 피어나고 나비와 꿀벌
들이 바쁘게 움직이는 걸 볼 수 있다. 자연이 사람, 동물, 식물
등 온갖 생명에게 한없이 관대한 시기로, 그 어느 때보다 식물이
아름다워보이는 시기이기도 하다. 그 때문에 식집사들의 '식물
흥'도 최고조에 이른다.

청명(양력 4월 5일경)부터 절기상 여름의 시작인 입하(양력
5월 5일경)쯤이면 온 세상이 신록으로 가득해진다. 아직 깊은
여름에 이르지는 못했기에 부드럽고 밝은 연두빛 잎들이 세상을
물들인다. 하지만 내가 가장 기다려온 순간은 하지(양력 6월
21일경). 이때쯤이면 낮이 가장 길어지므로 퇴근 후 오후 7~8시가
되어도 하늘에 아직 빛의 흔적이 남아 있다. 내 방 정원에 가장

깊숙하고 풍부한 빛이 드는 때이기도 하다. 온도와 날씨만
허락한다면 서향 햇살에도 식물이 너그러이 자라준다. 그 무렵
끝나지 않을 것 같은 장마가 오고, 물러갈 즈음이면 땅속에
있던 매미들이 나무 위로 올라와 울고 잠자리가 하늘 높이 날기
시작한다. 본격적인 무더위와 높은 습도도 바통을 이어받는다.
이윽고 실내 정원에는 무더위와 함께 장마를 지나며 약해진
식물들 틈으로 숨어든 해충들이 날뛴다. 식물과의 교감보다는
방제와 정원 관리에 땀이 비 오듯 쏟아지기도 한다.

　　추분(양력 9월 23일경)이 되어야 비로소 강렬한 햇빛이
주춤하고, 여름의 색감도 옅어지기 시작한다. 그렇게 서리가
내린다는 상강(양력 10월 23일경)에 이르면 단풍이 전국을
뒤덮는다. 겨울의 시작인 입동(양력 11월 8일경)부터 본격적으로
빛이 짧아지기 시작하고, 동지(양력 12월 22일경)에 이르면
내 정원에는 더 이상 햇빛이 닿지 않게 된다. 식물생장등과
서큘레이터를 본격적으로 가동해야 하는 때이기도 하다.

　　집에서 식물의 수형을 다듬고, 잎을 닦고, 비료를 주고,
해충을 방제하는 일련의 정원 생활은 어찌 보면 농사와 별 다를
게 없다. 공간과 작물의 차이일 뿐, 본질적인 요소는 서로 닮아
있기 때문이다. 그래서 식물 생활에 익숙해질수록 농사와 밀접한
절기에 더욱 익숙해지는 것 같다. 바깥에서 키우는 식물만큼은

아니지만, 실내 식물도 절기의 변화에 기가 막히게 반응하기
때문이다. 빛의 출입, 온도와 습도 모두 복합적으로 변화하고
실내 식물도 저마다 조금씩 다르게 반응한다. 봄 기운 어린
3월의 절기에는 실내 식물들의 생기가 달라진다. 겨울에 보이던
느긋한 모습은 사라지고 성장에 관심이 없던 녀석들도 잎을
만들고 줄기를 단단하게 굳힌다. 당연히 좋은 일만 있지는 않다.
개구리가 겨울잠에서 깨어남과 동시에 유쾌하지 않은 해충도
함께 깨어나기 때문이다. 그래서 입하 전에 모든 방제 작업을
마쳐야 장마가 시작되기 전까지 식물이 마음 놓고 예쁘게 자랄

수 있다. 경칩에서 춘분 사이에는 아직 쌀쌀하지만, 낮에는
비교적 온화한 날들이 많아지기에 겨우내 꽁꽁 닫혀 있던 창을
열어 잠시 환기를 할 수 있다. 전년도 겨우내 리스트업한 분갈이
목록을 살피며 새흙으로 분갈이를 하기도 한다. 절기에 맞춰 잘
걸어왔다면, 청명부터 입하까지 식집사는 물 주기와 비료 시비로
바쁠 무렵이다. 귀신같이 변화를 알아챈 식물들의 성장 속도에
힘이 붙기 시작하기 때문이다. 다만 식집사는 바쁘게 손만 거들 뿐
식물은 절기가 키워낸다. 하지만 일장춘몽의 입하도 잠시! 이내
장마철이라는 큰 고비에 대비해야 한다. 장마철의 촉촉한 습도는
열대식물이 많은 정원에 도움이 되기도 하지만, 공기가 충분히
순환되지 않는다면 되레 해충이 침입하기 좋은 환경이 조성되어
도리어 식물이 더욱 힘들어질 수도 있다. 또한 이 시기에는
비가 자주 내리기 때문에 일조량이 적어진 겨울과 마찬가지로
햇빛에 대한 시름 역시 깊어진다. 어쩔 수 없이 서큘레이터와
식물생장등으로 버텨내야 한다. 힘들지만 땀 흘려 만반의
대비를 마치고 장대비가 무더위를 씻어내주면 곧 입하 못지않은
천고마비의 절기들이 실내 정원을 지나갈 것이다. 이때부터 제법
농익은 햇볕이 식물을 키워내고 다시 한번 식물의 아름다운
모습을 만끽할 수 있다. 이후 입동을 맞이하는 순간 식물들의 성장
속도가 점점 느려진다. 빛이 나의 정원에서 떠나가는 걸 보며

아쉬워하다가도 다음 봄이 오기 전 해야 할 일들을 정리해본다. 그렇게 또 포근한 절기를 고대하며 식물의 속도에 맞춰 내 마음도 늦춰본다.

꽃이 피고 지고, 곤충이 활동하고, 내 정원에 들어오는 햇빛의 면적이 변화하고……. 하늘을 올려다본 게 언제인지 알 수 없는 현대인의 일상이지만 절기를 염두에 두면 자연의 변화를 세심하게 느낄 수 있다. 나도 언제부터인가 해가 뜨면 식물처럼 기뻐하며 활력이 차오르고 해가 지면 움츠러들며 쉬어가는 식물의 바이오리듬에 동화되었다. 변화하는 절기 속에서 자연의 흐름을 느끼며 기뻐하거나 슬퍼하기도 하고, 환희에 차거나 쓸쓸해지기도 했다. 그리고 그 복잡미묘한 감정들이 내 정원 생활에 녹아드는 것을 바라본다. 절기의 순환을 거치며 단단해지는 식물처럼 내 정원 생활도 조금씩 견고해져간다.

햇빛이 모자란 공간을 위한 식물생장등

자연의 빛이 부족한 실내에서 이를 보조할 수 있는 인공 조명이 바로 식물생장등이다. 햇빛의 스펙트럼을 흉내 내어 만든 식물생장등을 통해 식물은 광합성은 물론 성장과 개화도 할 수 있다. 식물생장등은 일반적으로 조명의 밝기보다 식물의 광합성에 필요한 광입자량을 말하는 PPFDPhotosynthetic Photon Flux Density(광합성광량자속밀도) 값으로 표기한다. 이는 사람이 보는 밝기가 아닌 식물이 보는 밝기의 정도를 측정한 것이라 할 수 있는데, PPFD가 높을수록 광합성 효율이 증가하고 식물 생장에 도움이 된다. 식물생장등의 PPFD는 조명과 식물의 적정거리에서 멀어질수록 줄어들며, 이에 따라 광합성 효율성도 저하된다. 간혹 식물생장등의 광량을 측정하기 위해 스마트폰 애플리케이션을 이용하는 경우가 있는데, 스마트폰으로 측정한 수치는 정확하지 않을 수 있다. PPFD 값

을 측정하려면 퀀텀미터quantum meter 와 같은 고가의 장비가 필요하다.

식물생장등 구입 시 안내문에 쓰여 있는 거리에 맞춰 사용하는 것을 권장한다. 또한 아무리 좋은 식물생장등이라 하더라도 햇빛을 완벽히 대체해주지 못하기에 햇빛 대체용이 아닌 보조용으로 활용하는 게 좋다. 예전에는 보라색 광색을 가진 식물생장등이 많아 인테리어를 해치는 경우가 흔했지만, 요즘은 주백색, 전구색도 있어 선택의 폭이 넓어졌다.

가정용 LED로 만들어진 식물등은 친환경적이며 비교적 전기세도 아낄 수 있어 식집사들의 '효자템'이다. 나처럼 서향 정원이라 오후 반나절에만 잠깐 햇빛이 들어와 걱정이라면, 혹은 식물의 키가 크고 잎이 무성해져 실내 안쪽 혹은 중간에 위치한 키 작은 식물에게는 햇빛이 모자라 곤란하다면, 식물생장등을 적절히 활용해 식물을 충분히 건강하게 키울 수 있다.

° 맛있고 건강한 흙 요리법

기온이 낮아지고 북쪽에서 바람이 불어오기 시작하면 야외 식물들은 색의 향연을 마치고 잎을 떨구기 시작한다. 바야흐로 동장군이 다가오는 계절이 되었다는 뜻이다. 나뭇잎에서 광합성을 하고 숨을 쉬던 식물들은 추위로부터 자신을 지키고 에너지를 아끼기 위해 잎으로 가는 물길을 차단해 낙엽을 만들고 앙상한 가지만 남긴다. 오랜 시간 동안 축적된 경험을 통해 극렬한 추위로부터 겨울을 이겨내는 낙엽수의 생존법이다. 남향 정원을 가진 식집사들은 실내 깊숙이 들어와 오래도록 머무는 햇빛 덕분에 겨울이 반가울지 모르겠으나, 서향 정원의 사정은 그렇지 않다. 그나마 들어오던 빛마저 해의 고도가 낮아지면서 근처 고층 건물에 가려져버리니, 동지는 지나야 다시 햇빛을 볼 수 있기 때문이다. 일조시간도 짧아져서인지 맑은 날보다 흐리멍텅한 날이 더 많은 것처럼 느껴지기까지 한 겨울, 앙상한 가지만 남은 황량한 자연의 모습을 보고 있자면 우울감마저 드는 것 같다. 하지만 그런 내 마음을 위로라도 하는 듯 발가벗은 겨울 나무의 가지 중간중간마다 겨울눈이 봉긋 솟아올라 있다. 머지않아 따뜻한 봄이 온다고 말해주는 것 같아 잠시 위로가 된다.

봄! 사계절 시작의 신호탄 같은 존재임과 동시에 왠지
모를 설렘이 가득한 말이다. 제아무리 추운 겨울이라 하더라도
봄을 상상하는 것만으로 짜릿함을 느낄 수 있다. 만약 베란다가
있었다면 실내로 들여 꽁꽁 싸맨 식물들을 다시 베란다로
내보내고 쾌적해진 실내 환경에 쾌재를 부를 것만 같다. 그럴 수
없는 처지라 하더라도 봄은 반가울 수밖에 없는 존재다. 우선
창문부터 열어 신선한 바깥 공기를 안으로 들일 테다. 일교차가
있겠지만 그래도 낮이면 한결 포근해진 기온에 잠시 쉬어가던
식물들이 꽃을 피우고 잎을 올려 나를 반겨줄 것이 틀림없다.
동장군 그늘에 가리워졌던 내 정원에도 점점 안쪽까지 햇빛이
스며들 테고, 좀 식상할지 모르겠지만 내 방 스피커에서는
멘델스존의 '봄의 노래'가 연속 재생될 것이 뻔하다.

어김없이 찾아온 봄은 지난겨울 여유롭게 식물을 살피던
겨울 가드닝에서 벗어나 다시금 식물집사들이 바빠지는 시간이다.
이때 가장 중요한 작업 하나가 바로 1년 농사를 받쳐줄 단단한
기반인 '흙'이다. 농산물이 아닌 실내 화초에 '1년 농사'라는
말을 쓰는 것이 어색하게 들릴 수 있겠다. 하지만 신선한 흙으로
식물의 기반을 다시 다져주는 것이 얼마나 중요한지 안다면 전혀
이상하지 않으리라. 영양분 가득한 새 흙을 채워주는 것은 물론
1년 동안 자랄 식물의 수형을 미리 잡아주는 일이기도 하기에

그렇다. 서둘러 쟁여둔 화분을 꺼내고 오래된 흙으로부터 뿌리를
구출해 맛있고 양분 많은 흙으로 옮겨줄 차례다.

그런데 이 흙, 대체 어떤 흙이 좋은 흙, 맛있는 흙일까? 흙은
대체 어디서 구해야 하며 어떤 흙을 사용해야 식물이 잘 자랄까?
막막하기만 하다. 정보를 수소문하기 위해 인터넷에 접속해 다른
식집사들의 사정을 빠르게 스캔한다. 그리곤 대개 흙을 구매해서
사용한다는 사실을 알게 된다. 흙이라면 지천에 널린 것인데
굳이 사야 하는 건가 하는 생각도 든다. 그렇다고 아파트 화단
혹은 뒷산에서 흙을 퍼오자니 여러모로 찝찝하다. 그렇게 만든
화분에는 식물만 살아가는 것이 아닐 수 있다. 거미, 지렁이, 개미,
지네, 집게벌레 등 다양한 흙 속 생물들이 흙과 함께 화분에 가득
들어 있을지 모르니 말이다. 어느 날 갑자기 화분에서 뜻밖의
불청객을 마주치고 싶지 않다면, 안전하고 소독된 흙, 시중에서
판매하는 흙을 사용하는 것이 마음도 편하고 식물에게 영양분
골고루 제공하는 현명한 방법이다.

그렇다면 화분 속 식물이 좋아하는 흙은 어떤 흙일까?
영양분이 풍부한 흙, 물을 잘 공급해주는 흙, 과습이 오지 않는 흙
등 다양한 종류가 있겠지만 한마디로 정리하면 뿌리가 잘 자랄 수
있는 흙이다. 즉, 식물의 뿌리가 성장하면서 물과 영양분을 골고루

흡수할 수 있으면서 물을 주어도 뿌리가 다치지 않을 수 있는
흙이어야 하는 것이다.

　　　앞서 물 주기와 관련해 과습을 언급했는데, 흙을 이야기할
때도 역시 과습을 고려해야 한다. 식집사들은 흔히 과습을 뿌리가
썩어 '녹는다'라고도 표현한다. 물은 생물의 필수 요소이고
어떤 환경에서든 식물은 물을 마시며 살아간다. 땅에 뿌리를
내려 살아가는 지생식물, 바위에 붙어 자라는 암반식물, 나무에
붙어 사는 착생식물, 나무든 땅이든 상관없이 뿌리를 내려
사는 반착생식물에 이르기까지, 식물 뿌리의 목적은 식물체를
지지하면서 물을 찾는 것이다. 그런데 물을 많이 준다고 뿌리가
다 과습으로 녹아내리는 것은 아니다. 키우는 환경에 따라
다를 수는 있겠지만 굴피나무 껍질이나 헤고판(열대 아시아나
오세아니아가 원산지인 나무고사리로 만든 껍질)에 부착해서 키우는
실내 난초의 경우, 매일 물을 주어도 과습은 커녕 부지런히 잎과
꽃을 피워올리며 성장한다. 또한 자연에서 해안가 물에 잠긴
맹그로브의 뿌리는 수면 위로 뻗어 공기를 흡수하며, 수생식물은
물에 잠긴 뿌리에 산소를 공급하기 위해 식물체에 작은 공기
통로를 만들어 뿌리 끝까지 산소를 흡수할 수 있다. 따라서
식물에게 과습이란 물을 자주 주어서라기보다 뿌리가 들어
있는 흙 속이 물로 가득 차 공극이 없는 상황일 때 발생한다. 즉

식물이 좋아하는 흙은 수분과 영양분을 공급할 수 있는 것은 물론
충분한 공극이 있어 뿌리가 숨쉴 수 있게 해주어야 한다. 그래서
물을 간직할 수 있는 보수력과 물을 배출시킬 수 있는 배수력이
조화롭게 배합된 흙이 좋다.

　　실내에서 많이 키우는 식물로 고사리, 관엽식물 그리고
선인장을 비롯한 다육식물 등이 있다. 그런데 선인장도 다 같은
선인장이 아니다. 사막, 고원, 열대 지방에 이르기까지 다양한
환경에 따라 그 모습이 달라진다. 관엽식물에도 야자나무,
몬스테라, 고무나무 등 다양한 종류가 있으니 말이다. 취미로
식물을 키우는 입장에서 이를 정확히 분류해 각각의 식물에
맞는 흙을 배합한다는 건 너무 머리 아픈 일이다. 그래서 어쩌면
식집사들마다 자신의 환경에 맞춘 각자만의 흙 배합이 존재하는
것인지도 모르겠다. 다행히 식충식물이나 블루베리처럼 특화된
흙을 필요로 하는 경우가 아니라면 시중에 파는 보통 흙을 두루
사용해도 충분히 건강하게 키울 수 있다.

　　내 경우 그래도 가능하면 식물의 성질에 따라 흙 배합을
조금씩 달리하려고 노력하고 있다. 이때 화분에 물이 빠지고 난 후
공극이 어느 정도 남는지를 기준으로 삼는다. 예를 들어 고사리를
위한 흙을 배합한다면, 물을 자주 필요로 하는 고사리의 특성상
보수력과 배수력이 모두 중요하다. 배수력을 높이고자 한다면

배수토의 비율을 전체 흙의 70퍼센트까지 올려서 사용할 수도
있겠지만, 그럴 경우 물이 지나치게 빨리 마른다. 물을 정확하게
챙겨줄 수만 있다면 공극이 충분해 과습이 되지 않겠지만,
물이 빨리 마르는 만큼 부지런히 물을 주어야 하는 번거로움이
있다. 그러니 보수력 혹은 배수력, 어느 한쪽을 극단적으로
높이기보다는 조화로운 중간 지점을 찾아야 한다. 그래서 나는
보통 보수력 좋은 흙인 상토를 60퍼센트, 물을 내보내는 배수토의
비율을 40퍼센트 정도로 배합한다.

　　같은 과의 식물이라도 어떤 환경에서 자생했는지에 따라
흙 배합을 달리 해야 할 수도 있다. 보통의 선인장은 물을 아주
빠르게 배출할 수 있도록 배수토의 비율을 높여 배합해야겠지만,
열대 지방의 습한 환경에서 자생하던 선인장이라면 공극이 있고
보수력이 좋은 열대식물용 흙 배합에 식재하더라도 물만 정확하게
챙겨줄 수 있다면 크게 문제될 일이 없다.

　　흙 배합 외에도 배수력에 크게 영향을 주는 것이 있는데,
바로 화분이다. 화분은 흙과 연관검색어 관계에 있다고 할 만큼
긴밀한 관계에 있다. 보통 미적인 측면을 고려해 토분을 선택하는
경우가 많은데, 사실 토분은 아름답기도 하지만 그 특성을 잘
알고 활용하는 것이 더 중요하다. 토분의 장점은 무엇보다도
물이 잘 마른다는 점이다. 그런데 그 장점이 오히려 흙 상태를

너무 건조하게 만들 수 있다는 사실도 염두에 두어야 한다.
수분을 빼앗는 토분의 성질이 식물에 따라 장점으로 작용하지
않을 수도 있기 때문이다. 식물을 테라스에서 키운다면, 게다가
한여름이라면 토분에 심은 식물이 마르지 않도록 매일매일
물을 챙겨주며 고생할 수도 있다. 한편, 같은 토분이라도 겉에
유약이 발린 토분은 물을 덜 빨아들이기 때문에 일반 토분에
비해 통기성이 낮은 편이다. 이 점은 물을 좋아하는 유칼립투스,
아카시아 같은 식물을 키울 때 장점으로 작용한다. 따라서 물을
좋아하는 식물을 위해 물 주기 노동을 덜 하고 싶다면 유약이 발린
화분 또는 플라스틱 화분에서 키우는 편이 좋다.

　　'식물은 자연이 키우고 가드너는 흙을 관리하는 사람'이라는
말이 있다. 그 말처럼 흙을 관리하는 식집사는 올봄에도 식물에게
줄 흙을 고민하고 있을 것이다. 내년이면 식물 키우기 6년차에
접어드는 나 역시 여전히 늘 같은 고민에 빠지지만 '명품 흙'에
얽매이진 않는다. 또 특정한 흙 배합을 따라하려고도 하지 않는다.
아무리 좋은 흙을 사용한다 해도 결국 모든 게 식집사인 내가
어떻게 관리하느냐에 따라 달라질 수 있기 때문이다. 아직도
모르는 게 더 많고 아는 게 부족해 실수도 하지만, 흙 배합은
식물의 성질, 살아온 환경, 식재 화기 등에 따라 그때그때 융통성

있게 조절하며 배워가야 하는, 끝나지 않을 여정이라고 생각한다.
그리고 그 여정 속에서 진심을 다해 식물을 돌보며 재미를 느낄
수 있다면, 그리고 내 고민의 결과물로 나온 흙 배합이 식물을
건강하게 키워낼 수 있다면, 한 해 한 해 봄날 가드닝이 가져다주는
흙 레시피 또한 쌓여가리라 생각한다.

분갈이 흙, 뭘 써야 좋을까?

식물을 키우며 자주 접하는 흙의 종류와 낯선 용어에 대해 이야기해보자.

상토: 식물이 자라는 데 용이한 다양한 용토를 혼합한 것. 농업용과 원예용이 있으며 각각 상토 1호와 2호로 구분해 표기한다. 상토 1호는 벼와 같은 수도작물을 위한 용토이며 상토 2호는 실내 식물과 같은 원예용 용토를 말한다.

코코피트: 코코넛 껍질에서 나온 용토로, 섬유질을 제거하여 보수력과 통기성이 좋아 흙을 배합 시 기본으로 사용한다.

피트모스: 진흙처럼 점성이 있는 배지로, 습지대에서 퇴적되어 나온 유기물질을 함유하여 보수력이 뛰어나지만 산성을 띠고 있어 식충식물을 키우기에 적합하다.

수태: 건조한 이끼로 보수력과 통기성이 뛰어나 다양한 식물에 활용할 수 있는 용토다. 보통 난초나 공기뿌리 발달이 많은 반착생·착생식물의 뿌리를 착생시키고자 할 때, 혹은 지속적인 수분 공급이 필요할 때 배지에 많이 활용한다. 실용적이지만 단독으로 사용하면 매우 빨리 마르는 경향이 있다. 부작하거나 수태로 멀칭(토양 표면을 덮어주는 것)하는 경우, 일단 수분기가 완전히 날아간 수태는 물에 저항하는 성질이 강하므로 불린 후 사용하는 것이 좋다.

바크: 나무껍질을 이용해 만든 용토로, 가볍고 공극을 많이 만들어내기 때문에 배수성이 좋다. 숙성한 바크의 경우 오래 사용해도 잘 부서지지 않고 미생물도 함유하고 있어 난초와 같이 나무에 붙어 자라는 반착생·착생식물의 식재에 혼합하여 사용하기에 좋다.

마사토: 화강암이 풍화되어 만들어진 작은 돌멩이로, 배수성이 뛰어나고 무게감이 있다. 다양한 흙을 배합할 때 사용하며 흙 속에 공극을 주기 위한 목적으로 사용한다. 세척하지 않은 마사토는 흙먼지가 많고 물을 주면 진흙처럼 굳는 경향이 있으므로 세척 마사토를 사용하는 편이 좋다.

펄라이트: 하얀 알갱이처럼 생긴 매우 가벼운 흙으로, 진주암을 가공하여 만든 용토다. 마사토와 마찬가지로 배수성이 뛰어나고 흙에 공극을 만들어주므로 자주 활용된다. 주로 마사토와 곁들여

사용하기도 하지만, 마사토를 대체해 단독으로 다른 용토에 배합해 배수력을 높이려고 사용하기도 한다.

산야초: 녹소토, 경석, 제오라이트 등의 용토를 혼합한 흙으로, 약간의 보수성이 있지만 배수성이 뛰어나 자주 사용한다. 다만 오래되면 쉽게 부서지는 단점이 있고, 세척하지 않으면 흙 먼지가 많이 날리는 편이다.

바이오차: 바이오매스biomass와 숯charcoal의 합성어로, 산소 없이 열을 이용해 분해한 숯처럼 생긴 물질이다. 산성화된 토양을 중화시키기 위한 목적으로 토양 개량제로 활용한다. 통기성과 배수성이 뛰어나다.

° 총채벌레는 곤란합니다

식물에 대한 경험이 많지 않았을 때는 크게 두려울 게
없었다. 식물이야 햇빛 좋은 곳에서 물만 챙겨주면 스스로 잘
자랄 것만 같았다. 식물은 온화한 봄날처럼 한없이 관대했고,
내가 보살펴주는 정도에 비례해 정직하게 자라주었다. 정원 일을
하다 보면 잡생각도 사라지고 머릿속에 흩어진 생각도 정리할 수
있어 좋았다. 무엇보다도 기분 전환이 되고 경직된 몸을 이리저리
움직인 덕에 마음도 몸도 건강해지는 기분이었다. 얼마 전까지만
해도 식물을 곧잘 죽이곤 하던 내가 이렇게 푸르른 숲을 만들고
유지할 수 있는 것에 큰 성취감도 느꼈다. 지금처럼만 해도
된다면 식물 키우는 건 문제없다고 생각했다. 내 정원에 찾아온
불청객들을 만나기 전까지는 말이다.

불행은 생각지도 못한 곳에서, 어느 더운 여름날 은밀하고도
조용히 찾아왔다. 어느 날부터 필로덴드론 글로리오숨의 생기가
떨어지기 시작했다. 오래된 잎이 노랗게 질려 보이는가 하면
돌돌 말린 새잎이 제대로 펼쳐지지 않는 것이다. 습도가 부족한
탓인지, 빛이 부족한 탓인지 도통 그 이유를 알 수 없는 수수께끼에
봉착한 나는 그저 여름 더위를 탓했다. "나도 이렇게 더운데 너도

덥겠지"라며.

그러다 우연히 돌돌 말린 글로리오숨의 새잎을 펼치다 그만 보고 말았다. 그들의 존재를. 좁쌀 모양의 작은 유충들이 처음 보는 내 눈길과 빛에 당황한 듯 흩어지고 있었다. 어째 그 모양새가 유쾌하지 않았다. 굳게 말린 잎 속에 유충부터 성충까지 너, 나 할 것 없이 뷔페식 만찬을 성대하게 즐기고 있는 모습이라니! 믿을 수 없었다. 완벽하게 통제하고 있다고 믿었던 내 정원에 해충이라니.

나중에 알게 되었지만 그 해충은 총채벌레였다. 그동안의 노력이 통째로 부정당하는 것 같은 기분이 들었다. 애써 외면하고

싶었다. 물을 줄 때에도 일일이 화장실로 옮겨 마치 빗물을
맞히듯 잎 하나하나를 닦아주곤 했는데. 애지중지 키운 식물에게
배신당한 기분이었다. 식물도 나와 비슷한 기분이었을 것이다.
작은 잎 하나를 틔워 올리기 위해 부지런히 힘을 쓰고 움직였을
텐데, 자신보다 몇 곱절 이상 작은 곤충에게 괴롭힘을 당하고
있으니 얼마나 힘들었을까. 안쓰러웠다. 변명의 여지 없이 해충
관리에 소홀했던 내 잘못이었다. 지금껏 식물이 소리 없이
발버둥치며 잎으로 신호를 보내주었건만, 더 일찍 알아차리지
못한 것이 미안했다.

침착하게 식물을 관찰했다. 필로덴드론은 인엽(비늘처럼
뾰족하게 올라오는 잎)의 형태로 잎을 틔워 올리는데 이는 부러지기
쉬운 연약한 새잎을 보호해주기에는 유용하지만 해충이 숨기
좋은 은신처가 되기도 한다. 총채벌레는 내 글로리오숨의 인엽을
비롯해 잎자루와 줄기가 만나는 좁은 틈에 이끼처럼 파고들었다.
해충 입장에서는 살아남아야 하니 눈에 띄지 않고 오랫동안
세대를 거듭하며 존립하기 위해 그곳에 자리 잡은 것이다. 그러나
내 정원에 해충이라니 결코 용납할 수 없는 법. 순환하는 자연의
관점으로 보자면 먹이사슬의 일부일 수 있지만, 자연과 분리된 내
공간에서, 또 식물의 입장에서 해충은 해충일 뿐이다.

최대한 유해하지 않은 방법으로 해충을 박멸해야 했다. 내가
휴식하는 공간이자 반려견도 드나드는 곳이기에 농약은 논외였다.
우선 샤워기를 이용해 잎과 줄기에 있는 해충을 털어내고 시중에
판매하는 친환경 약을 도포했다. 이따금씩 보이는 총채벌레는
테이프로 잡아냈다. 그러나 총채벌레는 쉬이 사라지지 않았다.
좀 잠잠해지나 싶으면 다시 나타나기를 반복했다. 총채벌레의
습성을 간과한 내 실책이었다.

총채벌레는 식물체 속에 알을 낳고, 알에서 깨어나 유충이
된 후 식물체 곳곳에 숨어서 활동한다. 이후 번데기가 될 즈음
땅으로 들어가 안전하게 성충으로 탈피한 후 다시 식물의

지상부로 올라와 다음 세대를 기약한다. 알, 유충, 번데기, 성충이 한 세대를 이루어 순환하면서 식물의 지하부와 지상부 모두에 걸쳐 서식하는 강력한 놈인 것이다. 게다가 총채벌레의 성충은 초근거리 정도는 날아가기도 하기 때문에 주변으로 쉽게 옮겨 갈 수 있고, 짝짓기를 하지 않더라도 번식할 수 있는(!) 강력한 번식력을 가지고 있다. 해충 덕분에 또 한번 자연의 경이로움을 느끼는 그 특출난 능력이 내 식물을 고사시키고 있다고 생각하니 스트레스가 물밀 듯 밀려왔다.

끝나지 않는 술래잡기에서 일방적으로 당하는 기분이었다. 지금처럼 하다가는 총채벌레가 나를 잡을 판이었다. 가장 확실하고 빠른 방법은 농약을 쓰는 것이지만, 알아보니 농약도 마음대로 쓸 수 있는 것은 아니었다. 농촌진흥청이 운영하는 농약안전정보사이트에 들어가면 여러 종류의 농약을 검색할 수 있는데, 이때 '작물명'과 '적용 병해충', 이 두 가지 항목에 모두 부합하는 농약만을 구입할 수 있다. 게다가 농약안전정보사이트는 주로 농산물의 안전을 위해 만들어진 사이트이다 보니 필로덴드론 글로리오숨에 꼭 맞는 농약은 검색조차 되지 않는다(그저 '관엽류'라고 표기된 애매한 범주에 해당하는 농약만 등록되어 있을 뿐이다). 또한 농촌진흥청 홈페이지에는 농작물을 병해충으로부터 보호해 손실을 줄임으로써 먹거리를 안정적으로 생산하기 위해

농약이 필수 자재라고 말한다. 하지만 내가 생활하는 공간에 이런 강한 약제를 사용한다는 건 영 찜찜했다. 그러니 이러한 상황에서 총채벌레를 없애려면 잎과 줄기만 씻어주는 것이 아니라 흙을 갈아주며 더 적극적으로 친환경 방제를 하는 수밖에 없었다.

　　그런데 이번엔 다른 손님이 찾아왔다. 응애라 불리는 이 해충은 깜찍한 이름과는 달리 거미강에 속하는 절지동물로 생김새도 흉악하다. 총채벌레처럼 식물의 즙을 빨아들이며 고사시키는 무척 해로운 존재로, 역시 박멸 대상이었다. 응애에 당한 환자는 알로카시아 제브리나. 알로카시아가 응애에 약하다는 말은 익히 들었지만 막상 내 식물에서 이 녀석을 마주하니 총채벌레에 이어 또 한 번 뒷통수를 맞은 듯 아찔했다. 그러나 나는 이미 첫 라운드에서 최종 보스를 만난 터. 총채벌레보다 약한 응애에는 빠른 대응으로 방제에 성공했다. 다행히 초기에 발견한 덕분이다.
　　총채벌레 그리고 응애와 분투를 겪으며 잠재적 해충의 존재에 대한 경계를 늦추지 않고 어떻게 하면 내 정원을 보다 안전하게 지켜낼 것인지 진지하게 고민하게 되었다. 물 샤워와 테이프 공법은 너무 노동집약적인 방법이었다. 농약은 효과가 좋지만 쉽게 사용하기가 어렵고, 또 장기적으로는 해충이 약에

저항성이 생길 수도 있다. 무엇보다도 내 건강에 좋지 않을 수
있기에 지양하고 싶었다. 해답은 자연에 있었다.

　　야외에서 자라는 식물은 여름을 나면서 온갖 벌레에
시달린다. 아파트 밖 놀이터 화단의 나리꽃은 진딧물로 뒤덮이고,
장미는 응애와 나방, 접시꽃은 총채벌레를 비롯한 온갖 곤충에게
점령당한다. 온실 속 화초들과 달리 야생 상태의 식물은 병해충을
온전히 혼자만의 힘으로 견뎌내야 한다. 그럼에도 이들이 죽지
않고 살아남는 데에는 간혹 내리는 비, 강하게 불어오는 바람,
해충을 잡아먹는 천적 등 자연의 도움이 있기 때문이다. 찾아보니
농장이나 식물원에서는 자연을 이용한 농법을 사용하고 있었는데,
바로 자연이 준 농약인 천적 곤충을 활용하는 방법이었다! 어릴
때부터 각종 곤충을 채집하고 키워봐서 그런지 천적인 또 다른
'벌레'를 실내에 들인다는 아이디어가 전혀 꺼림칙하게 느껴지지
않았다. 물론 조건은 있었다. 첫째, 천적인 벌레가 사람을
위협하지는 않아야 할 것이며, 둘째, 눈에 잘 띄지 않아야 한다는
점이었다(만약 눈에 좀 띄더라도 내 항마력으로 견딜 수 있는 정도여야
했다). 이 두 가지 조건에 부합하는 종류를 찾아보니 '포식성
응애'라는 결론에 다다랐다. 포식성 응애는 총채벌레와 응애를
비롯해 실내외에서 발생하는 각종 해충을 먹고 사는 응애의 한
종류로, 동식물에게는 해를 가하지 않으니 천연 농약 그 자체였다.

농약이나 물 샤워 방제법은 내가 직접 시간을 쓰고 공을 들여야
하지만, 천적을 이용한다면 그런 노력 없이도 쉽게 친환경 방제가
가능했다. 더군다나 이 녀석들 또한 해충처럼 크기가 작고, 오랜
세월에 걸쳐 천적을 파악해왔기에 해충들이 주로 어디에 숨고
어떤 흔적을 남기는지 잘 알고 있었다. 내가 놓친 빈 틈을 천적이
대신 파고들 수 있는 것이다. 천적으로 해충의 위협에서 벗어날
수 있으니, 실내 가드닝의 가장 큰 걱정거리를 덜어낸 것이나
다름없었다. 물론 누구나 흔히 쓸 수 있는 방법이 아니라는 것은
안다. 누가 보면 식물에 미치지 않고서야 어떻게 벌레를 들일 수
있느냐고 물을지도 모르겠다. 맞는 말이다. 하지만 내 정원에 미친
건 나니까. 나는 식물에 미친 식집사니까. 이 모두를 감내할 수
있다.

든든한 천적, 포식성 응애 세 종류

내가 주로 사용하는 포식성 응애에는 크게 세 종류가 있으며, '코퍼트 코리아'에서 구할 수 있다(이 곳에서는 포식성 응애 외에도 다양한 천적을 구할 수 있다). 포식성 응애는 보통 작은 티백 형태의 주 머니에 담겨 있으며 상단부의 고리를 식물체에 걸어 사용한다. 주머니의 작은 틈에서 4~6주에 걸 쳐 포식성 응애가 나와 해충을 포식하며 활동한다. 포식성 응애는 먹이가 지속적으로 공급되지 않 으면, 즉 해충이 모두 없어지면 자연스럽게 사라진다. 포식성 응애가 들어 있는 주머니를 걸어놓은 동안에는 식물을 물로 씻으면 안 된다. 주머니가 파손되는 것은 물론 활동 중인 포식성 응애가 소 멸될 수 있기 때문이다. 또한 친환경 약이나 농약을 사용한 직후에 포식성 응애를 사용하면 그 효 과가 반감될 수 있으므로 주의해야 한다. 포식성 응애는 주머니에 들어 있어 동식물에게 해를 가하 지 않으므로 안전하다. 주머니 안에는 포식성 응애 외에도 소량의 먹이 등 천연물질이 함께 들어 있는데 이로 인해 알레르기가 유발될 수 있으므로 주의가 필요할 수 있다.

칠레이리응애 Phytoseiulus persimilis

흔히 응애라고 부르는 해충은 보통 '점박이응애 Tetranychus urticae'로, 칠레이리응애가 좋아하는 먹 잇감이다. 칠레이리응애는 점박이응애 외에도 미소곤충을 잡아먹는 다식성을 지녔기 때문에 우리 눈에는 보이지 않는 해로운 요소들을 친환경적으로 함께 방제할 수 있다는 장점이 있다. 특히 칠레 이리응애는 잎응애류의 알부터 성충까지 모두 포식한다. 다만 잎응애류가 아닌 다른 해충에 대해 서는 방제 효과를 크게 기대하기 어려울 수 있다. 또한 이들은 먹이를 섭취한 후 붉은색으로 변하 는 특징을 갖고 있어 해충과 구분하기 쉽다는 장점이 있다(다만 육안으로 확인하기는 어렵다). 해충 보다 비교적 빠른 속도로 이동하며 활동하기 때문에 빠른 시간 안에 방제 효과를 볼 수 있고, 포식성 과 번식력이 왕성하기 때문에 해충 밀도가 높은 곳에서 사용하기 좋다. 다만 먹이가 줄어들면 동종 포식을 하기도 하므로 해충 방제 효과가 미흡한 상태에서 개체수가 감소하면 다시 투입해야 한다.

사막이리응애Neoseiulus californicus

사막이리응애 역시 칠레이리응애와 마찬가지로 잎응애에 특화된 천적으로, 내 정원에 주로 투입하고 있다. 칠레이리응애에 비해 포식성은 떨어지지만, 낯선 환경에 대한 적응력이 강해 오랜 시간 활동하고 방제 효과도 길게 유지된다. 잎응애 말고도 여타 미소곤충 혹은 꽃가루도 섭취하기에 특히 꽃을 키우는 정원에서 이용하기 좋다. 칠레이리응애에 비해 해충 밀도가 낮은 곳에서 장기간 생존할 수 있어 해충 발생 초기에 사용하면 효과적이며 동종 포식은 하지 않는다. 해충 밀도가 높은 곳에서 사용하고자 한다면, 혹은 빠른 방제 효과를 기대한다면 칠레이리응애가 뛰어나니 선별적으로 활용하면 좋다.

지중해이리응애Amblyseius swirskii

지중해이리응애는 전약충(알에서 부화하여 성충이 되기 전까의 단계)에서부터 성충에 이르기까지 전 생애에 걸쳐 왕성한 먹이 활동을 자랑한다. 먹이는 잎응애류, 총채벌레, 온실가루이, 미소곤충, 꽃가루에 이르기까지 다양하지만 특히 총채벌레와 온실가루이에 특화된 모습을 보인다. 지중해이리응애는 땅에 숨은 총채벌레 번데기를 제외한 알, 유충, 성충을 포식하며, 온실가루이의 경우 성충을 제외한 단계에서 포식한다. 따라서 총채벌레의 번데기를 제거하려면 마일즈응애로 알려진 스키미투스응애를 이용하는 게 바람직하다. 보통 해충과 꽃가루가 함께 제공되는 공간에서 효과가 더 높다고 알려져 있다. 다른 천적에 비해 건조한 환경에서 포식 활동이 저하되는 단점이 있기에 식물이 밀집해 있고 일정 수준 이상의 습도가 유지된 공간에서 사용하는 게 좋다.

° 식물 완벽주의

"스틱스강의 이름을 걸고 맹세합니다."

고대 그리스 신화 속 저승 세계에 흐르는 스틱스강에
대한 맹세는 그 어떤 신과 인간도 어겨서는 안 되는, 반드시
이행해야 하는 약속을 의미한다. 깨지지 않는 영원의 서약과도
같은 스틱스강에는 특별한 힘이 있었는데, 강물에 몸을 담그거나
목욕을 하면 강철 같은 육체를 얻을 수 있는 것이다. 때문에 신화
속 바다의 정령 테티스도 그녀의 아들 아킬레스를 불사신으로
만들기 위해 그의 몸을 스틱스 강물에 담갔다. 다만 발목 뒤쪽을
손으로 잡고 강물에 넣느라 물에 젖지 않은 뒤꿈치가 치명적인
약점, 즉 아킬레스건이 되었다는 대목은 유명하다. 이외에도
중세 시대 불멸의 영약을 탐구했다는 연금술사, 불로초를 찾으려
신하들을 세계 곳곳에 보냈다는 중국의 진시황제, 전설에 흔히
등장하는 젊음의 샘물 등 불멸을 향한 인류의 욕망은 그 기원이
오래되었다. 누구나 태어나면 자연스럽게 죽음에 이르기에,
이러한 유한한 삶의 관점에서 보자면 '불사의 몸'을 얻는다는 것
자체가 비현실적이고 허무맹랑하게 들리기도 한다. 그러나 인간은
노력을 멈추지 않는다. 한때 인간의 생명을 위협하던 무시무시한

질병도 의학의 발달과 함께 하나둘 정복되고, 현대 의학은 노화의 메커니즘을 연구하여 인류가 건강한 삶을 보다 오래도록 영위할 수 있도록 끊임없이 발전해오고 있다. 유한의 생명들은 시간이 지나면 자연스레 땅으로 돌아가겠지만, 젊음에 대한 인간의 갈망은 결코 사라지지 않을 것이다.

그런데 과연 젊음은 행복을 가져다줄까? 외국의 길거리에서 진행한 돌발 인터뷰 영상을 본 적이 있다. 지나가는 사람에게 나이를 묻고 과거로 돌아갈 수 있다면 그때로 돌아가겠는지 알아보는 영상이었다. 그런데 그 질문에 답한 중년·노년층의 대답은 내 기대와 달리 하나같이 '노'였다. 물론 간혹 한두 명이 '예스'라고 답한 적도 있었지만 대부분의 사람들은 어릴 때로 돌아가고 싶지 않다고 답했다. 지금이 과거보다 더 행복하고 내적으로나 외적으로 보다 안정된 삶을 살고 있기 때문이라는 것이다. 영상 속 사람들은 비록 나이는 들었지만 이루고 싶은 것을 얻게 된 현재를 더 행복하다고 생각했고, 그 행복이 물질적 만족과 반드시 비례하는 것도 아니었으며, 내적으로 성숙해진 것에 더 큰 가치를 두었다. 그리고 그런 그들의 모습이 식물과 꼭 닮아 있다고 느꼈다.

유묘의 떡잎에서 시작해 자라날수록 자신의 개성과 성향을 분명하게 드러내는 식물의 잎. 시간이 흘러 성숙할수록

견고해지고 단단해지는 줄기. 높이 솟아오른 몸체의 육중한
무게를 지탱할 수 있도록 촘촘하게 뻗어내린 뿌리. 지나온 시간의
풍파를 고이 간직한 채 한 켜 한 켜 쌓아 올린 나이테…… 식물은
씨앗의 발아에서부터 죽음에 이르기까지 생명주기를 거치며
성장해나가는데, 그 과정에서 자신이 습득한 지혜와 경험을
온몸에 축적한다. 그렇게 오랜 세월을 거치며 각각의 식물들은
자신만의 형태로 다양한 환경 변화에 순응하며 적응할 수 있고,
계절의 풍파에도 쓰러지지 않을 수 있으며, 다음 세대에 이러한
지혜를 물려줄 수 있는 DNA를 남긴다. 그리고 언젠가는 우리
인간처럼 한계와 종말을 맞이하는 유한의 생명체로서 최선을
다한다.

　　식물은 생명이다. 거실 구석에 자리 잡은 소품처럼
보일지라도 최선을 다해 꾸역꾸역 뿌리를 내리고 키를 키워가며
하루를 살아간다. 우리처럼 빠르게 늙지 않지만 결국 나이가 든다.
피부에 주름이 생기고 머리카락이 희어지듯이 식물도 오래 묵은
잎부터 노랗게 변해가며 자연스러운 노화를 맞이한다.
　　노화된 잎은 대개 노란색을 띄는데, 식물을 애지중지
관리했던 사람이라면 노란색으로 물들어가는 잎을 보며 심적
갈등을 느낄 수도 있을 것이다. 행여 물을 너무 많이 준 것은

아닌지, 지나치게 건조하게 관리한 것은 아닌지 자신의 관리
방법에 의문을 던지게도 된다. 식물에 나타난 작은 변화에도
노심초사하며 혹여 내가 무엇을 잘못했는지 걱정이 앞선다.
식물이 유한한 생명으로서 당연하고도 자연스러운 노화의 과정을
거치며 하엽한다는 사실을 미처 받아들이지 못하는 것이다.

특히 일반 가정의 실내에서 식물을 키우는 경우, 이런
식물 완벽주의는 더욱 심해지는 경향이 있다. 빠르게 뿌리를
넓히고 잎을 많이 만드는 식물일수록, 화분이 비좁아지는 정도에
따라 오래된 잎을 떨구는 주기도 짧아진다. 또한 절기상 빛이
줄어드는 시기에 접어들거나 이전에 지내던 곳보다 빛이 모자란
환경으로 옮겨져 이전처럼 잎을 충분히 지탱하기 어렵게 되었을
때에도 식물은 필요 이상의 잎을 덜어낸다. 빛이 충분히 많은
곳에서 지내다가 갑작스럽게 실내로 옮겨진 화분이 우수수 잎을
떨어뜨리는 경우도 이에 해당한다. 계절적 요인으로 여름잠 혹은
겨울잠을 자며 휴면하는 식물들 또한 이러한 모습을 보일 수 있다.
멀쩡하던 잎이 별다른 이유 없이 생기를 잃고 속절없이 노랗게
변해 땅으로 사그라든다. 칼라디움과 같은 괴경(덩이줄기)식물,
구근식물 혹은 괴근식물에게서도 흔히 볼 수 있는 모습이다.
이처럼 자연적인 식물의 노화 과정에서 잎은 아주 깔끔하고
군더더기 없이, 전체적으로 노랗게 되는 모습이 일반적이다.

 한편 노화로 위장해 식집사의 눈을 속이는 현상도 있다.
바로 마른 잎이다. 이는 대부분 식집사의 실수에서 비롯되곤
하는데, 주로 수분 공급이 원활하지 않을 때 나타난다. 물을 충분히
주지 않거나, 주더라도 너무 찔끔찔끔 줘서 수박 겉핥기 식의 수분
공급밖에 되지 않은 경우에는 뿌리가 물을 제대로 흡수하지 못해
잎이 마르면서 갈색으로 변하고, 힘 없이 말리게 된다.
 분명히 물을 충분히 주고 화분 배수 구멍으로 물이
빠져나오는 것을 여러 차례 확인했음에도 불구하고 정작 식물에는
수분이 충분히 공급되지 않아 잎이 마르는 경우도 있다. 흙이 물에

젖고 마르는 과정을 오래 반복하면서 돌처럼 딱딱하게 굳어진
경우다. 이런 흙에는 물을 주어도 정해진 물길만 거쳐 금세 밖으로
빠져나오기 때문에 흙이 전체적으로 충분히 젖지 못한다. 물을
주어도 뿌리에는 수분이 닿지 못하는 것이다. 물론 공중 습도가
낮거나 물리적인 충격을 받았을 때에도 잎 끝이 마를 수 있다.
하지만 토양이 건조해 식물이 물을 충분히 흡수하지 못했을 때
나타나는 잎의 변화일 가능성을 늘 염두에 두고 살펴야 한다.

　　이외에도 가장자리만 살짝 마르는 것이 아니라 잎 중간
중간에 반점이 생기는 경우도 있다. 처음에는 노랗다가 점차

갈색으로 바뀌기도 하고, 갈색으로 시작해 흐물거리며 까맣게
변하는 경우도 있다. 오래된 잎이 아닌 새잎에서도 전체적으로
산발적인 반점이 나타나며, 특히 새잎이 나오는 지점이
검갈색으로 망가지고 줄기가 힘 없이 늘어지기도 한다. 언뜻 물이
부족한 탓으로 보이기도 하지만 마른 잎이 아닌 까맣게 탄 듯한
반점이 생긴다는 점, 잎과 줄기가 만지면 녹은 듯이 흐물거린다는
점에서 물 부족과 차이가 있다. 이는 전형적인 과습이다. 앞서
설명한 바와 같이 식물의 뿌리는 흙 속의 빈틈인 공극을 통해 숨을
쉬어야 하는데, 이 공극이 부족한 흙에서 뿌리가 썩어 과습이 생길
때 잎과 줄기가 그러한 신호를 보내는 것이다. 과습은 물을 자주
줘서 발생하는 것이 아니라, 흙 속에 틈이 없어 뿌리가 숨을 쉬지
못하는 환경이 지속될 때 뿌리가 썩으면서 발생한다.

　　예상밖의 이유로 식물의 잎이 노화하듯 아픈 모습을 보일
때도 있다. 관리도 제대로 했고 식물의 외형 또한 멀쩡해 보이는데
잎이 상하거나 혹은 쉬어가기라도 하듯 성장이 멈춰 있는 경우다.
원인은 바로 해충이다. 실내 식물에서 흔히 볼 수 있는 대표적인
해충은 진딧물, 솜깍지벌레, 개각충, 응애, 총채벌레, 온실가루이
등으로, 진딧물, 솜깍지벌레, 온실가루이를 제외하면 눈에 잘 띄지
않아 눈치채지 못하는 경우가 많다. 이는 반드시 식집사의 관리
부족 때문만은 아닐 수 있다. 수많은 식물이 오가는 농장에서

옮은 해충이 그대로 따라왔을 가능성도 있다. 따라서 새로 들인
식물을 검역 과정 없이 바로 정원에 배치하면 기존 식물에 해충이
숨어들기 쉽다. 또한 날씨가 풀려 열어둔 창문을 통해 해충이
유입되기도 하는데 주로 연약한 새잎에 해충의 유충들이 몰리고
잎의 뒷면과 잎자루, 줄기 틈 사이에 교묘하게 숨어 서식하며
식물을 괴롭히곤 한다. 특히 식물을 밀집시켜 관리하면 해충이
쉽게 옮아갈 수 있으므로 정원 배치에도 주의를 기울이는 것이
좋다. 하얀 밀가루처럼 잎에 흔적을 남기는 응애, 기형 잎을 만드는
총채벌레, 잎을 말려 고사시키는 깍지벌레류와 온실가루이 등
멀쩡하던 식물이 갑자기 성장을 멈추거나 필요 이상으로 잎을
많이 떨구면, 혹은 잎에 반점이 나타난다면 해충이 남긴 흔적을
의심해보는 것이 좋다.

　　식물은 내가 통제할 수 없는 독립된 생명이다. 사람과 같은
생명이기에, 아프면 잎을 통해 신호를 보낸다. 해충에 옮아 아플
수 있고, 나이가 들며 자연스레 수명 다한 잎을 버리기도 한다.
그러니 늘 완벽한 모습을 유지하야 한다는 강박관념에 사로잡혀
노심초사한다는 건 불멸의 영원을 꿈꾸던 옛사람의 환상을 좇는
격일지도 모른다. 그렇다고 식물을 방치하거나 관리에 노력을
기울이지 말라는 의미는 아니다. 식물과 적당한 거리를 지키며

나도 숨 쉬고 식물도 숨 쉴 수 있는 가드닝, 식물을 통해 긍정의
힘을 느끼며 위로받고 행복해지는 가드닝을 이어갔으면 하는
마음이다.

식물을 키우는 과정에서도 항상 좋은 일만 있을 수는
없다. 식물 때문에 힘들면 힘들다고 해도 괜찮다. 식물에 문제가
생겼다면 그로 인해 느끼는 다양한 감정을 받아들이고, 한 걸음
물러나 현상을 정확히 파악하고, 침착하게 해결해나가면 된다.
원활한 소통이 어렵고, 문제를 당장 해결할 수 없어 답답할 수도
있지만 차근차근 해결해나간다면 식물은 어느새 새잎을 틔워
올리며 당신의 노력에 보답할 것이다. 집착에 가까운 완벽주의로
모든 것을 통제하려고 하는 가드닝은 금세 지치기 마련이다.
식물의 있는 그대로의 모습을 사랑하고 바라보는, 즐길 수 있는
가드닝이 되면 좋겠다.

그랜트의
식물 노트

잎이 보내는 신호 읽기와 대처법

노란 잎: 자연스럽게 노화된 잎은 가장 오래된 것부터 떨어지는데, 곁가지를 친 경우가 아닌 일자형으로 자라는 식물이라면 생장점으로부터 가장 멀리 떨어진 하층부의 잎일 가능성이 크다. 자연스러운 하엽은 소독한 가위로 잘라내거나 스스로 떨어지기를 기다린다. 햇빛이 너무 세거나 기온이 지나치게 높은 경우 잎이 탈색 혹은 변색되어 노랗게 보이기도 한다. 이 경우 시원하고 밝은 그늘로 식물을 옮기고 수분을 꼼꼼하게 공급해준다. 겨울철 기온이 떨어졌을 때 외풍이 부는 창가나 베란다에 있는 식물들은 최저 생육 온도 부근까지 기온이 낮아져 잎이 노랗게 변할 수 있다. 겨울철 가온하는 농장에서도 기온이 낮은 곳에 위치한 열대식물의 잎이 누렇게 변하는 것을 자주 볼 수 있다. 이때는 따뜻한 곳으로 옮겨 추위가 물러갈 때까지 관리하는 것이 좋다. 한편, 필요 이상의 비료를 주어 흙 속 양분의 농도가 높아졌을 때에도 식물 뿌리가 물을 흡수하지 못해 잎이 노랗게 변할 수 있다. 따라서 영양제나 비료를 줄 때에는 권장 비율과 횟수를 잘 확인해야 한다.

마른 잎: 물을 제대로 주지 않아 군데군데 마른 잎이 나타났다면 토양이 전체적으로 물에 충분히 젖을 수 있도록 해준다. 물을 줄 때에는 찔끔찔끔 주거나 한 바가지, 두 바가지 하는 식으로 양을 세서 주지 말고 화분 구멍으로 물이 흘러 나올 때까지 충분히 적셔주는 것이 좋다. 한편, 물을 주자마자 화분 배수 구멍으로 물이 흘러나온다면 흙이 단단하게 굳은 경우일 수 있으므로 이때는 나무 꼬챙이 등을 이용해 겉흙부터 속흙까지 찔러 새로운 공극을 만들어 흙 전체에 물이

스며들 수 있도록 해준다. 만약 흙이 너무 딱딱해졌다면 새 흙으로 교체해주는 것도 방법이다. 높은 습도를 좋아하는 식물의 경우 실내에서 키우다 보면 잎 끝이 말라버리는 경우가 잦다. 이때에는 주변에 수반을 놓고 물을 채워 습도를 높여주거나 가습기를 이용하는 방법이 있다. 혹은 높은 습도를 좋아하는 식물끼리 무리 지어 키우는 것도 방법이다. 이를테면 물을 자주 챙겨줘야 하는 고사리의 경우 이와 유사한 식물과 짝지어 놓고 키워 습도를 유지한다.

과습 잎: 일단 과습이라고 판단되면 분갈이를 해 배수성 좋은 흙 배합으로 교체해준다. 당장 흙 교체가 어렵다면 햇빛이 잘 들고 바람이 잘 통하는 곳으로 옮기는 임시방편을 활용할 수도 있다. 갑자기 온도를 너무 뜨겁게 올려버리거나 실내에서 실외로 옮기는 등의 극단적인 변화는 도리어 식물을 고사시킬 수 있으므로 주의해야 한다. 따라서 과습된 식물은 흙을 교체해주는 방법이 가장 안전하다. 흙을 교체할 때에는 식물의 뿌리 중 까맣게 변해 흐물거리거나 악취를 풍기는 부분을 소독된 가위로 잘라 제거한다. 건강한 뿌리는 만졌을 때 단단하며 흙이 묻어 있어도 하얗거나 연갈색을 띤다. 뿌리가 너무 많이 썩었다면 수경재배로 전환해 건강한 뿌리가 새로 나올 때까지 기다린다. 이후 뿌리가 충분히 자랐을 때 배수력 좋은 흙에 다시 심어준다.

° 님아, 제발 꽃다리를 건너지 마오

식물도 감정이 있고 음악을 틀어주면 좋아한다는 말을
들었다. 허무맹랑한 말이라고 코웃음 친 적도 있었지만 지금은
식물과 함께 음악을 감상하는 나만의 리추얼로 자리 잡았다.
혹시나 하는 마음으로 시작한 일이 벌써 4년이 넘도록 이어지고
있는데 악기 소리의 합이 인간의 희로애락을 어루만지고
위로하듯이 식물 또한 편안하게 해주기를 바라며 매일 음악을
튼다. 예전에는 팝송이나 가요처럼 최신 음악을 놓치지 않고
들었던 것 같은데, 언제부터인가 새로운 음악을 찾지 않게 되었다.
노랫말이 많거나 디지털 악기 소리가 많은 음악은 왠지 모르게
정신이 곤두서는 것 같았다. 그렇게 정착한 것이 바로 클래식
음악이다. 각 악기들의 소리가 군더더기 없이 깔끔하게 합을
이루고 무엇보다도 식물과 함께하는 공간에 잘 녹아든다. 그리고
'풀멍'에 더 집중할 수 있게 해주는 묘한 힘을 지니고 있는 데다,
물 주는 시간에는 노동요가 되어주기도 한다. 날씨나 계절에 따라
선곡을 달리하게 되는데 맑고 쾌청한 날엔 요한 슈트라우스의
왈츠곡을, 서정적인 오후 시간에는 낭만주의 음악가들의 감미로운
선율을, 흐리거나 추워지면 바흐의 음악을 틀곤 한다.

음악을 선곡할 만큼 식물을 위하는 마음이 넘쳐나지만 식물을 키우고 살리는 것은 사실 다른 종류의 이야기다. 베란다 없는 실내 공간에서 식물을 키운다는 건 충분하지 않은 빛, 정체된 공기, 비좁은 공간 그리고 때때로 찾아오는 해충까지 온갖 악재가 공존하는 혼돈 속에 식물을 둔다는 것과 같은 의미다. 이러한 황폐함 속에서 아낌없이 힘을 쏟은 와중에도 몇몇은 뜻하지 않게 초록별로 떠나버리곤 한다.

말 못 하는 식물이기에 속내를 파악하기가 여간 어려운 게 아니다. 관심을 가질수록 힘겨워하며 맥없이 떠나버리는가 하면, 무관심 속에 흙더미로 돌아가는 식물도 있다. 지금까지 수백 종에 이르는 식물이 내 정원에 오고 갔는데, 이들의 여정은 언제나 내가 예상할 수 있는 범위를 넘어 뜻밖의 길로 이어지곤 했다. 한번은 내 정원에서 몇 해를 거듭해 건강하게 자라주던 고퍼르티아(칼라데아) 진저가 하루아침에 죽어나간 적이 있다. 그 식물을 보며 삶과 죽음이 얼마나 밀접하게 맞닿아 있는지 절실히 느꼈다. 과습이나 해충으로 속이 타들어갈 만큼 힘이 드는 상황도 곧 훌훌 털어내는 식물이 있는가 하면, 이렇게 한 순간에 떠나가는 녀석도 있다. 아물 상처라는 것을 알지만 매번 이런 일이 닥칠 때마다 괴로운 마음이 드는 것은 어쩔 수 없다. 그럴 때면 늘 즐겨왔던 음악과 함께하는 풀멍 시간이 얼마나 사치스러운 것인지

뼈저리게 느낀다.

     식물이 곁을 떠나는 이유는 열 손가락이 부족할 정도로
많다. 생리 장애, 환경적 요인, 식집사의 과욕 혹은 지나친
관심에서 비롯되는 실수 등 종류도 원인도 가지가지다. 식물이
죽어갈 때 보이는 신호, 문제 상황에 처한 식물이 보여주는 지표는
다양하다. 다만 내가 식물의 상태를 파악함에 있어 경계하는 한
가지가 있다. 바로 절대적인 지표다. 만 가지 상황에 모두 적용되는
단 하나의 공식이란 존재하지 않는다. 오랜 세월을 거치며 각자
다른 환경에 적응해온 DNA를 가진 식물들이 하루아침에 내
공간에 적응하기를 바란다는 것은 사실 과욕이다. 자연의 섭리는
치밀하게 의도되어 있다. 열대식물은 우리나라 겨울을 이겨낼
수 없으며, 물을 자주 먹는 식물이라고 해서 흙이 물에 절어 있는
상태를 좋아한다는 의미는 아니다. 많은 사람들이 식물 키우기
지표에 관해 이야기하지만 같은 식물이라도 처한 실내 환경에
따라 너무도 많은 변수에 적응해야 하므로 이를 하나로 뭉뚱그려
말한다는 것은 어불성설이다. 자연의 위대한 여정을 단정적으로
결론지을 수 없는 것이다. 그래서 식물을 키우면 키울수록 더
겸손한 마음을 가지게 된다.

우리 집 반려견 망고. 해를 거듭하며 나이 들어가는 모습을 보면서 망고가 더 행복했으면 좋겠다는 생각을 자주 한다. 시간이 어찌나 빠른지 하얀 눈이 내리던 겨울에 찾아온 까만 털북숭이가 어느덧 열두 살 노견의 삶에 접어들었다. 당장은 아니지만 언젠가 이별해야 한다는 생각에 애써 외면하려 해도 애틋한 마음이 스며든다. 나와 함께하는 동안 하얀 눈을 맞고, 잠을 자고, 밥을 먹으며, 서로 의지하고 서로가 서로의 반려가 되었기 때문이다. 해가 뜨면 지고, 꽃이 피면 언젠가 떨어지듯이, 태어난 생명은 언젠가 눈을 감아야 한다. 알면서도 정이라는 게 참 무서워서 때로 이별에 대한 준비가 너무나도 부족하다는 생각이 들곤 한다. 나중에 후회하지 않도록 건강한 음식을 먹이고, 더 좋은 곳에서 자연의 냄새와 햇살을 즐길 수 있게 해주고 싶다. 하늘이 노릇하게 익어가는 황혼녘, 땅거미 진 정원 속 내 식물들을 보면서도 같은 생각을 한다. 어쩌면 나도 모르는 사이 이 식물들도 망고처럼 나의 반려가 될 수 있지 않을까? 아니, 어쩌면 이미 '반려식물'이 되어버린지도 모르겠다.

식물도 생명이기에 언제든지 꽃다리를 건널 수 있다. 안타까운 일이지만 그나마 다행인 것은 경험이 쌓이며 식물을 키우는 노하우도 함께 쌓인다는 점이다. 가드닝 절정기에는

300 종류가 넘는 식물을 키웠는데, 이때 다양한 식물들의
특성을 경험하고 이들의 삶을 관찰하는 과정에서 자연스럽게
식물의 '결'이라는 것을 알게 되었다. 특정 계열의 식물에게
유독 잘 꼬이는 해충이라든지, 물을 얼마나 주어야 좋아하는지,
어느 정도의 햇빛이 적당한지 등등 식물에 대한 감각이 저절로
익혀졌다. 식집사들 특유의 감각, 흔히 '금손'이라 표현하는
노하우는 결국 식물을 많이 키워보고 또 많이 죽여보면서 생기는
것이다. 인간과 식물은 서로 다른 존재이지만 경험을 통해 얻은
감각 덕분에 키울 수 있는 식물의 범위가 점점 넓어지고 있다.

　　죽어가는 식물을 살릴 수 있다면 더없이 좋겠지만, 그렇지
못했다고 너무 자신을 탓하거나 미련을 갖지 말자. 그러기에
이 세상에는 너무나도 많은 식물이 있으니 말이다. 함께하는
동안 밝은 창가에서 충분한 빛을 쐬어주고, 창을 열어 신선한
공기를 맞을 수 있게 해주고, 이따금 찾아오는 벌레는 열심히
쫓아내주면서, 일련의 과정에 있어 최소한의 노력은 반드시
기울이자. 물론 내 체력과 내 정신이 피폐해지지 않는 정도에서
말이다.
　　식물이 온전하게 크려면 내 몸과 마음도 건강해야 한다.
아무리 극진히 보살펴도 어쩔 수 없이 떠나갔다면 후회나 미련

없이 보내주는 마음도 필요하다. 처음 키워보는 식물과 낯선 동거를 시작할 때 노심초사하며 물을 준 적도 있고, 식물을 잘 키우는 사람은 식물을 안 죽인다고 생각한 적도 있었다. 하지만 시간이 흐를수록 누구나 실수를 한다는 사실을 알았다. 게다가 살아 있는 식물인 만큼 일일이 말로 설명할 수 없는 시행착오와 오류가 있을 수밖에 없다. 그러니 식물이 꽃다리를 건넜다고 해서 좌절할 필요는 없다. 직접 부딪히며 매일매일을 깨달음으로 채워나가자. 시행착오를 겪고 나만의 해결책을 찾아나가자. 이 모든 것이 결국 가드닝이기 때문이다.

"그랜트님도 식물을 죽이시나요?"라는 질문을 수도 없이 받았다. 그럴 때마다 내 대답은 이렇다. "그럼요!"

오래도록 함께하는 식물을 만드는 땅심 키우기

땅심은 식물을 길러내는 땅의 기운을 뜻하는 용어다. 한정된 땅에서 지속적으로 농산물을 비롯한 식물을 재배하다 보면 땅이 황폐해지기도 한다. 지속적인 식물 재배를 위해 땅심을 유지하는 것은 무척 중요한 일인데, 이때 유기물, 미생물 등을 적절하게 활용할 필요가 있다. 실내에서 식물을 키우는 식집사에겐 먼 동네 이야기 같지만, 자연의 땅심까지는 아니어도 화분 속에도 땅심이 존재하도록 만들어보자. 오랜 시간 흙갈이를 해주지 않은 화분 속 흙은 영양분이 줄어들고 질이 저하되어 식물이 약해진다. 반대로 필요 이상으로 비료를 사용하면 역삼투압 현상으로 식물의 뿌리와 잎이 피해를 입을 수 있다. 때문에 화분 속 흙의 상태도 면밀히 관찰하며 돌봐주는 것이 중요하다.

오랜 시간 수돗물을 이용해 저면관수로 물을 공급하다 보면 흙에 염분이 지속적으로 축적되며 식물에 생리장애를 일으킨다. 때문에 저면관수만 고집하기보다 샤워기를 사용해 비처럼 물을 뿌려주는 방식을 번갈아 쓰는 것이 좋다. 한편 식물 위에서만 물을 주다 보면 흙이 소실되면서 양분도 함께 빠져나간다. 이를 보충해줄 수 있도록 성장기에는 비료를 주는 것이 좋다. 특히 액체 비료를 사용할 때에는 제품에 명시된 혼합 비율을 반드시 지켜준다. 빠르게 흡수되는 액체 비료의 특성상 과비료 현상이 쉽게 생기기 때문이다. 비료를 일일이 혼합하기 번거롭다면 고체로 된 알비료를 흙 위에 올려주는 방법도 간편하다. 고체 비료는 물이 닿으면서 분해되며 영양분이 물길을 따라 흙에 고르게 스며든다. 액체 비료에 비해 천천히 오랜 시간에 걸쳐 분해되므로 적당한 양으로 시비한다면 과비료의 위험에서 자유로워질 수 있다.

또한 뿌리가 성장하며 화분에 가득 차거나 세척하지 않은 마사토 같은 용토가 굳으면 흙이 푸석푸석하고 딱딱해지는 경우도 생긴다. 이 상태에서 화분의 배수 구멍으로 물이 빠져나올 만큼 물을 주어도 뿌리 전체가 고르게 젖지 않아 식물이 갈증에 시달릴 수 있다. 이럴 때 굳어진 흙 속에 공극이 생기도록 나무 꼬챙이를 이용해 흙 상층부부터 하층부까지 구멍을 내는 임시방편으로 분갈이를 늦출 수 있다. 하지만 흙이 전체적으로 고르게 젖을 수 있도록 새로운 흙으로 갈아주는 편이 근본적인 해결책이다.

3장

。

나무 공동체의 구성원

내가 돌보는 식물, 나를 돌보는 식물

풀들이 자라던 곳에 씨앗이 날아와 작은 나무들이 자라난다.
시간을 거듭하며 나무가 남긴 흔적이 땅에 쌓여 양분을 만들고
점차 키 큰 나무들이 들어서기 시작한다. 이윽고 키 큰 나무가
들어찬 공간 아래 그늘을 좋아하는 식물들이 찾아온다. 그리고
이 구성원들이 늘어나기도 줄어들기도 하는 과정을 되풀이한다.
우리는 이 공동체를 숲이라고 부른다.

내가 다닌 대학교는 미국 동부의 작은 시골 마을에 있었다.
키 큰 나무가 빽빽이 들어선 숲이 학교를 에워싸고 있었는데,
강의가 없는 시간이면 기분 전환도 할 겸 숲에 가곤 했다. 좁은
오솔길을 따라 걷다 보면 나무 사이사이로 들어오는 햇살이
따사로웠고, 잎들이 바람에 흔들리며 부딪히는 소리가 마치 숲의
노래처럼 들렸다. 잠시 멈춰 귀를 기울이면 들려오는 새소리와
함께 상쾌한 공기가 내 몸을 정화하는 듯 시원했다. 하늘을
올려다보면 우뚝 선 나무들이 너도나도 하늘에 초록색 잎을
그려나갔다. 한 톨의 빛도 낭비하지 않는 나무 군락에서 햇빛을
독식하며 홀로 자라는 나무는 없었다. 장대처럼 큰 나무가 만든
그늘은 작은 새들의 쉼터가 되어주었고, 나뭇잎 사이를 파고든

빛을 따라 고사리와 이끼류가 터를 잡았다. 촉촉한 이끼가 들어선
길목은 개미들 그리고 이따금씩 자라나는 버섯들 차지였다. 아주
가끔 나무 군락이 듬성해진 곳은 빛을 좋아하는 작은 나무들과
제멋대로 뻗어 오른 그라스를 연상시키는 초본류가 움켜잡고
있었다.

　　숲을 걷다 보면 어느 하나 하찮은 곳이 없다. 빛, 그늘,
나무, 잡초, 새, 개미 등 모두가 서로 어긋남 없이 톱니바퀴처럼
맞물려 하나의 집을 구성하고 있었다. 이런 유기적인 관계를 품은
숲은 그 자체로 완전한 하나임과 동시에 여러 동식물에게 살기
좋은 환경을 내어주었다. 도시 생활을 하며 내가 쾌적하다고
느껴왔던 인위적인 공간들 그리고 지금처럼 식물을 키우기 전
내가 생활하던 공간은 다른 생명에게는 배타적인 곳이었다.
방충망을 통해 들어온 곤충은 무조건 없애야 할 대상이고, 눈부신
햇빛은 커튼으로 가려야 했으며, 대부분의 시간 창문은 굳게 닫혀
있었다. 이렇게 철저하게 자연과 단절된 차가운 공간에 익숙해진
내게 숲은 지긋이 말해주고 있었다. 지구는 나 홀로 살아가는 곳이
아니라는 것을. 그간 이 자연의 소중함, 너무도 당연한 사실을 잊고
지냈음을 알게 되었다. 그리고 식물이 스며든 삶을 선택하면서
점차 내 공간도 숲처럼 다른 생명에게 관대해지고 있음을 느꼈다.

　　늘어나는 초록 식구들이 방 곳곳에 들어서면서 차갑던

공간에 따뜻한 땅이 생겼다. 이른 아침이면 창문을 열어 방에
신선한 공기를 들이고 아침의 새소리를 식물에게 들려주었다.
이따금 방에 찾아온 거미나 무당벌레를 자연의 품으로 돌려줄
줄도 알게 되었다. 물도 잘 안 챙겨 먹던 내가 식물에 물을 주며
내 목도 함께 축이게 되었다. 닫힌 커튼을 열고 잊고 지내던
계절 감각과 자연 속 작고 사소한 것들에 감사하는 마음을 배울
수 있었다. 좁은 공간이지만 내가 설 자리를 식물에게 나눠주는
이유가 바로 여기 있다.

숲 전문가 페터 볼레벤은 저서 《나무 수업》에서 나무
공동체의 중요성에 대해 말한다. 한 그루의 나무보다 협업을 통해
이루어진 나무 공동체가 생존에 유리하다고 한다. 나무들이 모여
살기 좋은 곳을 이루듯이 나도 숲의 구성원이 되어 내 정원의
숲에서 하나의 역할을 맡고 있다. 나는 식물을 돌보고 식물도
나를 돌본다. 나도 식물도 같은 공간에 뿌리내리며 살아갈 땅을
공유하고, 따스한 햇살을 받고, 시원한 물을 나눠 마시며 갈증을
해소하고, 함께 숨 쉰다.

비록 대자연의 숲이 아닌 인위적인 정원이지만 우리는
모두 지구에 머무는 손님으로서 원초적인 생존 조건을 공유한다.
식물이 건강하게 자랄 수 있는 공간을 탐구할수록 내가 처한
환경과 내 상태를 되돌아볼 수 있다. 그 시절처럼 모든 것이

완벽했던 숲길을 당장 걸을 수는 없지만 식물과 함께 만들어낸
내 공간 속에 숲이 흐른다.

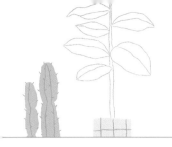

아름답고 깨끗한 정원을 만드는 루틴

유튜브나 인스타그램 방문객들이 내 정원 식물들의 수형과 건강 상태를 칭찬할 때가 많다. 그런데 식물들이 예뻐 보이는 진짜 이유는 따로 있다. 가지치기나 분갈이를 잘해서, 식물 배치를 잘해서도 아니다. 바로 청결 때문이다. 불필요한 군더더기가 없는 쾌적하고 청결한 공간에서는 식물도 더욱 아름다워 보인다.

잎이 지저분하거나, 잘 관리가 되지 않는 식물은 해충들이 먼저 알고 득달같이 달려든다. 아파 보이는 잎, 노란 잎은 과습이나 건조의 문제라기보다 해충 때문인 경우가 적지 않다. 따라서 아름다운 정원, 예쁜 식물을 만들기 위한 첫 번째 과제는 꾸준한 방제와 청결 유지다.

이를 위한 가장 쉽고도 효과적인 방법은 물 세척이다. 물을 줄 때 웬만하면 화분부터 흙, 잎, 줄기, 가지까지 모두 샤워기로 세척하듯이 물을 주면 좋다. 샤워기로 자연에서 내리는 비를 흉내 내어보는 것이다. 물 샤워만 자주 해도 해충 방제와 식물 청결에 큰 도움이 된다. 또 잎사귀에 먼지가 앉지 않게 닦아주면 식물의 광합성과 호흡이 더욱 원활해진다. 이 사소한 돌봄이 엄청나게 큰 차이를 만든다.

화분을 놓은 바닥이나 주변은 어쩔 수 없이 흙이나 나뭇잎, 각종 먼지 부스러기들로 어지러워지기 마련인데, 정원 곳곳을 청소하는 일을 매일의 루틴으로 만들어두면 좋다. 내 정원에는 워낙 식물이 많다 보니 알아보기 쉽게 구역을 나누고 그 구역에 놓은 식물들을 옮겨 샤워기로 물을 주는 동안 식물이 놓였던 가구와 소품을 닦는 식으로 관리한다. 또한 물을 주면서 노란 잎을 제거하거나 가지치기 등을 하며 수형을 다듬는다. 시기에 따라 비료가 필요한 식물에게는 고체 비료를 얹어주기도 한다. 이렇게 구역을 하나씩 돌아가며 매일 조금씩 자주 들여다보면 식물들의 상태를 더 면밀하게 살필 수 있고 해충 등 이상 신호에도 빠르게 대처할 수 있다. 이런 성실한 관리를 받은 식물들은 어디 내놓아도 부족하지 않은 최상의 미모를 뽐낸다. 게다가 실내 가구나 소품에도 먼지가 쌓이지 않아 효율적이다. 무엇이든 한꺼번에 처리하려 하지 말고 제때 계획하고 실천하는 것이 관건이다.

° 자세히 들여다보아야 알 수 있는 즐거움

　　날씨가 좋으면 간혹 무의식적으로 이끌리듯 들르는 곳이
있다. 서울 통의동과 통인동 일대다. 옛 서울의 오래된 가옥들과
현대 건축이 어우러진 이곳은 맛집과 근사한 카페가 즐비한
곳이기도 하지만 내게는 조금 다른 의미에서 특별하다. 다양한
식물을 만날 수 있는 소중한 식물 산책길이기 때문이다. 집에서
걸어 30분가량 걸리는 이 길에는 걷지 않으면 결코 볼 수 없는
재미있는 '식물 구간'이 존재한다.
　　집에서 통인동까지 가려면 정동길을 지나 내수동으로
빠지거나 아니면 송월동을 거치는 두 경로가 있지만, 나는 조금
돌아가더라도 송월동을 지나는 길을 더 좋아한다. 우선 정동길은
살구나무와 목련나무가 있어 봄꽃 나무를 감상하기에 좋다.
가을이 되면 노란 은행나무가 수놓는 고즈넉하고 아름다운
길이다. 은행잎이 소복이 내려앉은 길을 따라 돈의문터(서대문
자리)를 끼고 한양도성길로 올라가면 또 다른 식물길이 펼쳐진다.
짧지만 걷는 내내 수십 종의 식물들을 만날 수 있는데, 특히 봄의
끝자락에는 다양한 식물들이 뿜어내는 다채로운 색감을 만끽할 수
있다. 5월에 피어난 노란 죽단화가 봄을 붙잡듯 길목마다 흩뿌려져

피어나고, 녹음 짙은 수풀 사이를 비집고 자라난 수크령을 비롯한 벼과 식물들이 하늘하늘 바람에 살랑인다. 보라색으로 옅게 물든 무궁화 꽃 옆으로 키 작은 배롱나무에 주렁주렁 열린 진분홍 꽃이 강렬하다. 담쟁이넝쿨과 능소화가 앞다투어 피는 한양도성길을 따라 언덕을 오르다 보면 저 멀리 푸른 하늘 아래 서서히 드러나는 인왕산이 가슴 벅차다.

숨을 고르며 송월동 언덕을 넘어 사직단을 따라 필운동으로 내려간다. 이번에는 동네 주민들이 키우는 소박한 정원들이 나를 반긴다. 원래 남의 집 식물 구경이 제일 재밌는 법. 천천히 걸으며 모르는 이들의 정원 구석구석을 훑어보는 재미가 쏠쏠하다. 마을 버스 정류장 앞에는 키 큰 플라타너스가 우뚝 서 있고, 식당 앞마다 빼곡한 꽃 화분과 길가에 늘어선 수많은 화분 속 이름 모를 식물들이 정겹다. 이윽고 나의 참새 방앗간이자 식물 가게, 지금은 홍대 근처로 이전했으나 통인동 시절 노가든은 내 정원 식물들이 태어난 고향이기도 하다. 걸음을 시작한 곳부터 통인동 초록 대문 앞에 이를 때까지 반가운 식물을 잔뜩 만날 수 있는 이 식물 산책길은 정원 밖에서 느낄 수 있는 또 다른 즐거움이다.

이렇게 천천히 걸으며 풀이며 나무, 돌담에 낀 고사리 같은 것들을 세세히 살펴보는 즐거움은 언제부터인가 시간을 들여 내 주변의 식물을 관찰하는 습관으로 발전했다. 내가 키우는 식물은

물론 주변의 작은 식물들에게 관심이 가기 시작했다. 줄기와 잎의 모양을 자세히 들여다보고, 질감을 느껴보고, 꽃의 형태를 살펴보았다. 뿌리와 잎의 변화나 피해를 파악하고, 흙 한 톨보다 작은 해충을 관찰했다. 내 눈이 식물에 가 닿은 그 순간만큼은 이 세상에 나와 식물, 오직 둘만 있는 것만 같았다. 변화무쌍한 식물의 세계가 점차 내 안으로 들어왔고, 이를 인식하고 받아들이게 된 것이다.

그저 취미로 시작한 식물 생활이었지만 시간이 흐를수록 식물에 대해 궁금한 게 많아졌다. 그럴 때마다 식물 키우기에 관한

책들이 많은 도움이 되었지만, 어떤 책에도 내 상황에 꼭 맞는
답을 제공해주지는 못했다. 식물을 키우는 데에는 환경을 비롯해
다양한 변수가 작용하는데, 아무리 좋은 책이라 한들 내 환경, 내가
키우는 식물과 정확히 일치하기는 어렵기 때문이다. 다행인 것은
식물을 키우는 시간이 늘어나면서 내 경험치 또한 쌓여간다는
점이었다. 직접 식물을 눈으로 보고 손으로 느끼면서 책에서 얻은
정보와는 별개로 나만의 지식을 습득할 수 있었다. 덕분에 처음
만나는 식물이라 하더라도 비슷한 종류의 식물을 키운 경험을
바탕으로 그 성향을 어렵지 않게 추측할 수 있었고, 갑작스레

환경에 변화가 생기더라도 금세 방향을 잡을 수 있었다. 평소
천천히 그리고 자세히 식물을 들여다보며 훈련한 성과였다.

    책상 옆 야생화 선반 2층에는 내가 정말 아끼는 아디안툼이
살고 있다. 은행잎을 닮은 자그마한 잎들이 까만 줄기를 따라
물안개 흩어지듯 피어나는데, 꽃시장에서도 흔히 볼 수 있는
평범한 고사리다. 작고 여려 보이지만 보기보다 다부지고,
하늘하늘한 분위기에 꾸준히 사랑받는 스테디셀러이지만, 키우기
어렵기로 악명 높은 식물이기도 하다. 나도 이 고사리를 키우며
여러 차례 좌절을 맛봤다. 그런데 아디안툼을 자세히 관찰해보면
몇 가지 중요한 특징을 알 수 있다.

    일단 아디안툼의 잎이 달린 줄기를 만져보면 단단하지만
힘을 주면 쉽게 부러진다. 한편 잎은 굉장히 얇고 가볍다.
오동통하고 수분을 저장할 수 있어서 물을 그리 자주 주지
않아도 되는 다육식물의 잎과는 정반대다. 아디안툼의 잎은
매우 얇으므로 수분을 많이 저장할 수 없고 따라서 물을 자주
공급해주어야 한다는 사실을 추측할 수 있다.

    흙과 맞닿은 줄기에는 '근경'이 있다. 아디안툼의 줄기와
땅이 맞닿은 곳에 나무줄기처럼 생긴 단단한 부분인데, 여기서
새잎이 자라나는 것이다. 아디안툼은 근경 밑 땅속으로
가느다랗지만 억세며 옥수수 수염처럼 생긴 섬세한 뿌리를 땅속에

(왼쪽) 아디안툼
(오른쪽) 아카시아
—

내리고 있다. 대체로 뿌리 발달이 빠르고 물을 자주 먹는 식물들의 뿌리들이 이러한 수염 형태를 띠곤 한다. 토양 속에 숨은 수분과 양분을 찾아내기 위해 넓게 자리를 펼치는 수염뿌리와 닮아 있는 것이다. 분갈이를 할 때 살펴보면 아디안툼의 뿌리는 흙 속에 방대한 범위로 뻗어 있다는 것을 알 수 있다. 실제로 아디안툼은 고사리 중에서도 건조한 흙 상태를 잘 견디지 못하며 물과 비료를 정말 좋아하는 식물이다. 이처럼 뿌리와 잎을 자세히 관찰하는 것만으로도 이 식물의 특징과 성향, 기를 때 주의해야 할 점을 추측할 수 있다.

이번엔 아카시아, 유칼립투스, 올리브나무같이 잎사귀에 은빛이 덮인 듯한 우아한 색감을 가진 식물들을 살펴보자. 이들은 본래 그늘 없이 활짝 열린 공간에서 쨍쨍 내리쬐는 뜨거운 햇빛을 온전히 받으며 크던 식물들이다. 그래서 강렬한 햇빛으로부터 잎을 보호하기 위해 은빛으로 햇빛을 반사해내고 동시에 물 손실을 줄인다. 그러니 이 식물들은 빛이 부족한 실내로 들어오면 잎의 은색이 점점 사라지며 초록빛으로 바뀐다. 햇빛과 바람을 좋아하는 식물들은 광량을 충분히 확보해주고 바람이 불어야 원래 살던 곳에서처럼 아름답게 자라난다. 바꾸어 말하면 일조량이 한정적인 실내에서는 아무래도 키우기 쉽지 않다는 말이기도 하다. 되도록 일조량과 통풍이 좋은 베란다에서 키우는 편이 좋고,

햇볕이 내리쬐는 마당에 심어도 거뜬히 자라준다. 해가 잘 들고
공기가 잘 통하는 만큼 흙이 단단하게 마르지 않도록 물을 수시로
챙겨주고, 봄부터 가을까지는 야외에서 키우더라도 겨울이 오면
월동을 위해 실내로 들여야 한다. 일부 남부지역에서는 수종에
따라 실외에서 월동하는 경우도 있지만, 대부분의 지역에서
겨울은 혹독하기에 되도록 베란다를 비롯한 실내로 들이는 것을
권장한다.

한국에서는 유독 축하용으로 많이 선물하는 식물 호접란.
많은 이들이 키우기 어렵다고 하지만 이 또한 외관을 관찰하면
어떤 부분에 신경을 써야 할지 짐작할 수 있다. 호접란은 두툼한
잎과 오동통하고 길게 뻗은 뿌리를 지녔다. 호접란은 본래 나무에
붙어 자라는 착생식물인데 뿌리는 공중에 노출되어도 수분을 끌어
모을 수 있어 나무 위에서도 충분히 살아갈 수 있다. 이런 호접란을
환기가 불량한 화분에서 키우다 보면 중앙의 잎이 솟아나는
부분에 물이 고이면서 잎이 무르고 뿌리가 쉽게 썩는 경우가
생긴다. 공중에 노출되어 있을 때와 달리 공기 순환이 좋지 않아
뿌리가 지속적인 축축함을 견디지 못하는 것이다. 자연 상태에서
비를 맞으면 잎 중심부에 모인 물이 자연스레 잎에 난 골을 따라
바깥쪽으로 흐르는데 화분에 심으면 식물이 하늘을 향해 있어
물이 배수되지 못한 채 기저부로 모여 쉽게 썩는 것이다. 따라서

호접란에 물을 줄 때에는 중앙 부분에 물이 오래 고이지 않고,
뿌리가 공기 호흡을 충분히 할 수 있는 환경을 만들어주어야 한다.
　이처럼 식물은 자세히 들여다보는 만큼 자신에 대한
정보, 문제점을 해결할 수 있는 방법을 알려준다. 색깔이든,
잎의 모습이든, 뿌리의 생김새든, 천천히 관찰하면서 알아가는
즐거움이야말로 정원 생활 최고의 기쁨이다.

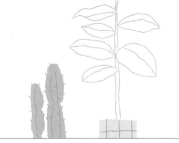

환경에 맞춰 적응한 식물들

식물은 다양한 환경에 살아남기 위해 각자 고유한 외형을 만들어 오늘에 이르렀다. 일부 선인장을 비롯한 다육식물은 극한의 환경에 적응하기 위해 잎을 퇴화시키고 가시 모양의 구조를 만들거나, 수분 증발을 최소화하여 뜨겁고 건조한 환경에서도 생존할 수 있게 되었다. 또한 건조한 환경에서 습기를 간직할 수 있도록 잎에 털이 덮여 있는 식물도 있다.

한편 몬스테라처럼 반착생식물이라고 하여 일평생 일부는 땅에, 일부는 나무에 붙어 자라는 종류들이 있다. 이 식물들은 '공기뿌리'라고 하는 특별한 뿌리를 발달시키는데 주로 줄기 마디에서 나타난다. 공기뿌리는 처음에 연한 조직으로 만들어지지만 시간이 지나며 점점 길어지고 목질화되듯이 단단한 상태로 땅으로 내려간다. 이후 본뿌리로 발달하며 더 많은 양분을 흡수한다. 또한 공기뿌리는 나무나 바위에 단단하게 붙을 수 있게 해서 점점 잎이 커지고 무거워지는 식물을 지지한다. 그리고 나무에 붙어 자라는 경우 이 공기뿌리를 통해 수분을 포집하기도 하고, 어떤 종류는 공기뿌리를 통해 광합성을 하기도 한다.

° 식물 미감

스파티필름을 들였다. 실내에서도 하얀 백조 같은 꽃을
틔워주고 시원시원한 잎의 선이 공간에 우아함을 더해준다.
이따금씩 불어오는 바람에 퍼지는 은은한 향기가 감미로웠다.
이후 키 큰 나무와 무릎까지 올라오는 금전수도 데려왔다. 하나둘
들여온 식물 식구들은 삽시간에 자라나 창가가 복닥복닥해졌다.
그야말로 식물 난장판이었다.

식물에 눈뜨기 시작한 초창기의 이야기다. 마구잡이로
식물을 데려왔던 것이 화근이었다. 꽃시장에서 "이것 예쁘다!",
"이것도 귀엽네!" 연신 감탄하며 구매하다 보니 어느새 두 손
가득 식물이 들려 있기 일쑤였다. 당시 그 많은 식물을 싣고
대중교통으로 왕복 한두 시간의 여정도 마다하지 않을 정도로
열정적이었다. 오로지 내 방을 내가 좋아하는 식물로 채울 생각에
들떠 있었다.

그런데 막상 집에 와서 보니 기대했던 것과 달랐다.
식물을 창가에 조르륵 놓으면 단조롭고 바닥에 두자니 높은 창문
턱에 가려 빛을 받지 못할 것 같아 걱정스러웠다. 내가 보기에
편하거나 예쁜 자리는 도리어 식물에게 해로운 경우가 많았다.

식물을 건강하게 키우면서 배치의 미감도 포기할 수 없었다.
건강하면서도 아름답게 배치하는 방법이 절실했다.

　　　식물을 키울 때면 보통 나무의 생장 방식을 떠올리게 된다.
중력의 힘을 거슬러 위를 향해 뻗어 자라는 특성 말이다. 그런데
그것도 식물 나름이다. 다양한 체형의 사람들이 있듯 식물도 각자
주어진 환경에 맞게 자라왔기에 자라는 모습도 다양하다. 같은
범주의 식물이라 하더라도 종에 따라 생장 방식이 천차만별이다.
뿌리가 거의 퇴화되다시피 바스러진 채 주변 나무에 자신의 몸을
부착해 사는 식물도 있고, 통통한 뿌리로 바위나 나무에 붙어 흙
없이도 자라는 식물이 있다. 위로 자라 오르는 식물이 있는가 하면,
아래로 잎을 떨어뜨려 빛 경쟁에서 살아남으려는 식물도 있으며,
땅 위를 뱀처럼 기어다니듯 뿌리를 내려 잎을 펼치는 식물, 옆으로
뻗어나가는 식물도 있다. 각자만의 개성이 뚜렷한 이 식물들을
모두 통제해 하나의 정원 안에 어우러지게 만들기란 정말 어려운
일이다. 그래서 때로는 식물 배치가 분재 작업처럼 느껴질 때도
있다. 내 공간이 하나의 거대한 화분이고, 이 속에 내가 원하는
이상적인 모습의 식물 배치를 이뤄내야 하니 말이다.

　　　처음에는 해외 식물 인플루언서들의 SNS를 많이 참고했다.
그런데 그들의 공간은 대부분 창도 크고, 빛도 잘 들고, 무엇보다
테라스까지 갖춘 근사한 곳이었다. 누군가는 화장실에도 큰

창이 있어 어렵지 않게 식물을 키워냈다. 누가 봐도 식물이 자라지 못할 공간에 식물을 배치한 이미지들도 넘쳐났다. 그렇게 SNS 속 정원들을 스크롤하다 국내의 한 인플루언서 계정이 눈에 들어왔다. 지금은 창원의 가드닝 스튜디오 '보타미'를 운영하고 있지만 당시에는 집에서 식물을 사랑하며 키우던 식물 애호가, 보떼님의 공간이었다. 그때만 해도 지금처럼 식물을 주제로 한 국내 계정은 많지 않았고, '식집사', '식테크' 등의 단어조차 생소한 시절이었다. 그저 몇몇의 랜선 식물 이웃들과 수다나 떨다가 잠들던 소박한 시절이었다. 아무튼 이러한 때 발견한 보떼님의 계정은 아파트에서 식물을 키우는 한국 사람이라는 점에서 일단 큰 동질감이 느껴졌다. 특히 베란다를 확장 공사한 아파트 거실에 가득한 수많은 초록이들! 정원으로 펼쳐지는 거실 폴딩도어 너머로 겹겹이 쌓아 올린 빈티지 토분! 공중에서 잎을 늘어뜨리고 있는 행잉식물들까지……. 친숙한 환경에서 수많은 식물을 키워내고 있는 모습에 단숨에 매료되었다. 그래, 내가 원하는 것이 바로 저런 초록 식물로 가득한 싱그러운 공간이야! 베란다가 아닌 내 방에서! 하지만 아무리 매력적인 공간이라 할지라도 비슷할 수는 있어도 똑같을 수는 없다. 내가 찾았던 그 공간 또한 많은 시간과 노력을 들인 곳이겠지만 단번에 그런 느낌을 연출하기란 버거운 일이었다. 다만 한 가지 중요한 사실은 알게 되었다.

실내에서도 충분히 근사한 초록 정원을 만들 수 있다는 것! 무작정 남들을 따라하기보다 내 공간을 더 깊숙하게 탐색해야 한다는 것!

나는 물건을 오래 사용하는 편이다. 지금 사용하는 아이폰13으로 바꾸기 전에도 6년가량 아이폰8플러스를 사용했다. 노트북을 바꾸기까지는 10년의 시간이 걸렸다. 무엇이든 내 손에서 시간을 거친 익숙한 물건들이 좋고, 새로운 물건을 들인다면 오랜 시간 함께할 수 있는 가치가 충분한 제품들을 선호한다. 새 옷도 자꾸 입어야 내 옷이 된다고 식물을 배치할 때도 그런 익숙한 아이템, 공간과의 자연스러운 조합이 필요했다.

식물이 많아지기 시작하면 보통 선반에 눈을 돌리게 된다. 거친 화분을 수시로 얹고 물도 튈 수 있으니 가성비 높은 선반을 많이 찾는다. 그런데 때로는 합리적인 선택이 득보다 실이 될 때가 있다. 모두가 비슷한 선택을 하기에 나만의 개성이 드러나지 않는 것이다. 따라서 정원을 꾸미기 위해 무작정 새로운 물건을 들이기만 하는 것이 능사는 아니라는 사실을 염두에 두면 좋다. 새로 들인 선반이 정작 원래의 공간과는 잘 어우러지지 않는, 의도와는 동떨어진 결과물로 이어질 수 있기 때문이다.

어떤 제품이든 구매할 때에는 가격을 고려하게 마련이다. 저렴한 제품은 경제적이기는 하겠으나 미감이나 품질이 떨어질 수 있다. 그렇다고 덜컥 비싸고 좋은 선반을 사자니 식물 전용으로

쓰기 아깝다. 이러지도 저러지도 못하고 고민이 깊어진다면, 일단
내게 주어진 공간이 허락하는 익숙함 속에서 조화를 찾아보자. 그
안에서 나만의 개성을 높일 방법을 찾을 수 있다. 내가 발견한 한
SNS 인플루언서의 사진에서 폴딩도어와 빈티지 토분 탑이 그러한
역할을 했듯이 말이다.

우선 내가 살고 있는 집 곳곳을 둘러보자. 집 안에서 내가
가장 머물고 싶은 공간, 그중에서도 나만의 개성이나 특징이 가장
잘 드러난다고 생각하는 곳을 중심에 놓는다(물론 빛이 들어오는
곳이 좋다). 내 경우는 침실 창가와 거실의 피아노 공간이었다.
빛이 잘 드는 침실 창가 앞에 책상을 두되 창을 가리지 않도록
배치했다. 그리고 이곳에서 자주 앉아 쉬고 싶은 아늑함이
느껴지도록 식물로 둘러싸인 숲 느낌으로 식물을 배치했다.
실제로 이곳은 이따금 커피나 차를 마시며 책을 읽거나 음악을
듣고 글을 쓰는 공간이 되었다. 거실 피아노 정원 역시 숲처럼
느껴지는 싱그러움 속에서 취미인 피아노를 연주할 수 있는
공간으로 만들고 싶었다.

이처럼 어떤 식물을 둘 것인가가 아니라 이 공간을 어떻게
활용할지와 식물과 공간의 조화를 먼저 생각하면 식물 배치가
조금 더 쉬워진다. 또한 식물이 이 공간과 어우러짐으로써 어떤
그림을 그려낼지 더 구체적으로 상상할 수 있고, 이에 맞는 식물

종류도 효율적으로 선택할 수 있다. 이 방식을 따른다면 내게
익숙한 공간에서 나만의 특별함을 만들어내고, 그 특별함이 내
정원의 특징이 된다. 무작정 식물을 들이려고만 하면 조화와
지속성을 놓치기 십상이다. 내 공간에서 어떤 숲의 이야기를
만들어가고 싶은지, 공간에 대해 관심을 갖고 고민해본다면
식물들이 제자리를 찾는 데까지 오랜 시간이 걸리지 않을지도
모른다.

나만의 개성이 가득한 식물 배치법

실내에서 식물을 배치하다 보면 공간 제약이 생길 수밖에 없다. 빛이 드는 영역은 한정되어 있고 식물은 많으니 '햇빛 명당'을 대체 어느 식물에게 부여해야 할지 난감할 때도 많다. 이런 자리 다툼을 최소화하는 데 요긴하게 쓸 수 있는 것이 바로 선반이다. 직사각형 형태보다 사다리형 선반을 사용하면 최상층에 식물생장등을 켜거나 자연광이 들 때 아래층까지 골고루 빛이 간다는 장점이 있다.

또한 선반은 여러 식물을 제한된 면적에서 집중적으로 모아 키우기에 효율적이다. 이때 각 선반을 빽빽하게 채우기보다는 3~5개의 화분을 여유롭게 배치하면 병충해 피해도 줄일 수 있다. 보통 선반에 두는 식물은 위로 자라 오르기보다는 아래로 잎을 늘어뜨리는 형태의 식물 혹은 옆으로 크는 식물을 배치하는 것이 좋다.

한편 고사리 종류는 차광된 빛을 선호하기에 선반 아래층에 두어 윗층 식물을 통과한 빛으로도 충분히 자랄 수 있고 동시에 싱그러움과 꽉 찬 느낌도 줄 수 있어 선반 식물로 제격이다. 행잉식물인 립살리스, 디스키디아 등도 화분에 심어 선반에 배치하면 잎이 밑으로 길게 늘어지는 곡선 형태의 잎을 잘 활용할 수 있다.

책상이나 창틀에 식물을 배치할 때는 일자 형태보다 교차 형태로 배치해보자. 지그재그로 교차해 배치하면 단순히 나열하는 단조로움에서 벗어나 리듬감을 줄 수 있어 더 재미있다. 수평 공간에서는 이른바 '식물 테트리스'가 중요한데, 큰 식물을 중심에 놓고 이를 크고 작은 식물들이 둘러싼 형태로 구성하면 더 다채로운 정원이 만들어진다. 이때 화분과 식물의 높

낮이, 식물의 자라는 특성 등을 고려하여 구성하면 더 안정적으로 배치할 수 있다. 앞서 선반에서는 높이의 한계가 있으니 잎을 밑으로 내려 키우거나 덩굴성으로 자라는 식물을 배치하는 게 좋다고 했는데, 이때 같은 선반에서도 큰 식물을 먼저 놓고 그 아래 작은 식물을 두는 식으로 리듬감을 주면 측면에서 볼 때 더욱 입체감을 살릴 수 있어 아름답게 느껴진다. 또한 시선의 이동을 따라 자연스럽게 식물의 전체적인 높낮이가 다르게 조절해주면 좋다.

화분의 선택 또한 정원의 분위기에 한몫한다. 시멘트 화분은 다소 투박한 느낌을, 유약 화분은 정갈한 느낌을 준다. 한편 토분에 통일해 식재하면 마치 청바지처럼 어떤 분위기와도 잘 어울린다. 플라스틱 화분은 재사용하기 매우 좋고 가벼워서 실내에서 사용하기에 알맞다. 플라스틱 화분이 예쁘지 않게 느껴져 사용하기 꺼려진다면 한 치수 큰 토분을 덧씌워 사용하는 것도 방법이다.

소품 역시 의미를 두어 사용하면 좋다. 무의미한 소품은 들어맞지 않는 퍼즐 조각처럼 겉돌거나 이질적일 때가 많다. 내 경우 실내 정원이지만 자연의 일부인 느낌을 주고 싶었고 정원에 찾아든 새를 상상하며 새 모양의 소품을 여럿 두어 재미를 주었다. 그리고 빛이 잘 드는 창 주변에는 스테인드글라스 소품을 두어 빛의 아름다움을 더욱 다채롭게 간직하고 싶었다. 또 공기 흐름이 잘 이루어지도록 관리하는 곳인 만큼 바람이 불 때 청량한 종소리를 들을 수 있도록 행잉 벨을 설치해 색다름을 주었다.

° 화분을 크게 쓰지 않는 이유

이미 몇 차례 고백했지만, 나는 플랜트 맥시멀리스트다. 가장 나다울 수 있는 공간에서 내가 좋아하는 식물들로부터 싱그러운 에너지를 받는 식물 중독자! '중독'이라는 말에는 부정적인 느낌이 있는 것이 사실이지만 식물 중독을 부정할 수는 없다. 지금은 그래도 욕심을 많이 내려놓고 식물을 적당히 관리하며 살고 있다. 하지만 때때로 더 많은 식물로 가득차 흡사 정글 같았던 예전 내 방이 그립기도 하다. 그럴 때면 사진을 꺼내보고 작은 방 안, 한 사람이 겨우 지나다닐 길목만 남기고 식물로 빼곡히 채워진 방 풍경에 흠칫 놀라기도 한다. '저 많은 식물을 어떻게 혼자 다 관리했지?' 스스로 놀랍기도 하고 "저희는 아직도 그렇게 키워요" 하는 주변의 이웃님 대답에 한방 맞기도 한다.

아무튼 변명하자면 이렇게 푹 빠질 수밖에 없는 것이 식물의 매력인 걸, 난들 어떡할까! 단순히 '예쁘다', '힐링이다', '위로다'라는 말이 허무맹랑하게 들릴지 모르겠지만 누가 뭐라 해도 나는 식물이 좋고 식물은 나를 행복하게 해준다.

가끔 친구들이 어떻게 이 많은 식물을 방에서 키우느냐고

묻기도 하는데, 여기에도 딱히 명확한 이유는 없다. 내겐 식물을
키울 만한 베란다가 없다. 다용도실은 그나마 방보다 해가 잘
들긴 하지만 나 혼자 사용하는 공간이 아니고, 내 방보다 작으며,
세탁기도 있고, 무엇보다 겨울에 너무 춥다. 그리고 아침저녁으로
내가 식물이 보고 싶을 때마다 다용도실로 갈 수는 없지 않은가!
　　아파트와 빌라가 많은 우리나라 주거 환경 특성상 식물은
베란다에서 키워야 한다는 고정관념이 깊숙이 자리하고 있는
것이 사실이다. 처음 식물을 키우기 시작할 때에도 가장 큰
고민은 실내에서 식물을 건강하게 키울 수 있을지였다. 하지만
모험 같았던 지난 식물 생활 여정을 돌이켜보건대 이제는
환경만 잘 조성해준다면 실내 어느 곳에서든 식물이 충분히
자랄 수 있다는 나만의 답을 얻었다. 식물은 생각보다 강인하다.
척박하기 그지없는 돌담에서도 뿌리를 내리며 살아갈 정도로
식물의 생명력은 끈질기다. 아무래도 방에서 식물을 키우다 보니
베란다에서처럼 물을 쉽게 줄 수 없어 조금 힘이 들기도 하지만,
이런 성가심도 불사할 만큼 식물은 내게 크나큰 사랑이자 위로다.

　　식물의 이름은 '린네의 이명법'이라는 명명법에 따라
속명과 종명으로 나눠진다. 흔히 우리가 아는 호접란은
팔레놉시스Phalaenopsis 속屬이고, 몬스테라도 여러 종류의

몬스테라를 하나로 규정하는 속 명칭으로 보면 된다. 언뜻 다른
종류처럼 보이는 식물이라 하더라도 같은 속 식물이면 가족이나
마찬가지다. 흥미로운 지점은 바로 여기서부터다. 한 가족
식물이라 하더라도 구성원마다 각자의 매력이 있는 법. 만약
하나의 식물에 반했다면, 그 식물과 비슷한 특성이 있으면서도
각기 다른 개성을 갖고 있는 식물들에게 쉽게 마음을 빼앗길
준비가 된 것이나 다름없다. 예를 들어 몬스테라 델리시오사에
빠진 내가 곧 몬스테라 아단소니를 키워보고 싶어졌고, 그러다
보니 몬스테라 에스쿠엘레토, 몬스테라 실테페카나까지 예뻐
보이기 시작한 것처럼 말이다. 그렇게 하나 둘씩 종류를 늘려가다
보면 비슷한 계열의 다른 속 식물도 서서히 눈에 아른거리기
시작한다(나처럼 중증이라면 식물이 꿈에도 살포시 나타날 수
있으니 주의하자). 이 일련의 과정을 거치면서 당신의 식물
위시리스트에는 잉크가 마를 날이 없을 것이다. 문제는 세상은
넓고 식물은 많지만 키울 공간은 늘 부족하다는 것. 또한 식물의
개수는 늘리기가 쉽지 그 양을 유지하거나 줄이는 게 영 어렵다는
점이다. 결국 어떤 식물을 얼마나 키워야 할지 결단이 필요한
시점을 맞이할 수밖에 없다.

지금 4평 남짓한 침실에서 식물을 키우고 있는데, 하루가
다르게 자라나는 식물들이 더할 나위 없이 기특하지만 걱정도

커진다. 이대로 자연스럽게만 두고 키운다면 아마존에 갈 필요
없이 서울 도심에서 정글을 맞이할 판이다. 초록으로 우거진
풍경이야 아름답겠지만 생활하기조차 어려운 내 방을 상상하면
숨이 막혀오기도 한다.

그렇게 고민을 거듭하던 어느 날 우연히 찾은 한 분재원에서
생각지도 못한 해답을 찾았다. 그곳에서는 찔레나무, 소나무,
소사나무 등 본래 크게 자라는 나무들을 본 모습 그대로 아주 작은
화분에 담아 키우고 있었다. 화분과 어우러지는 것은 물론 공간을
해치지 않으며 조화를 이루는 모습이라니! 속으로 '유레카'를
외쳤다. 분재는 비록 크기는 작지만 생명의 활력을 가득 품고
있다. 그러한 형태로 수십 년의 세월을 버틴다. 이런 분재의 지혜를
관엽식물에게도 적용할 수 있다면! 더 이상 공간 걱정을 할 필요
없이 식물을 키울 수 있을 것 같았다. 그 뒤로 나는 화분을 크게
쓰거나 성급하게 크기를 키우지 않았다. 그렇게 내 정원에 의외의
변화가 찾아왔다.

몇 개의 식물을 한 화분에 합식하면 세력이 왕성한 식물이
화분을 독차지하는 경우를 종종 볼 수 있다. 세력 다툼에서
밀려난 식물은 건강하게 자라지 못하고 심한 경우 죽기도 한다.
다른 나무를 숙주로 삼아 자라는 교살자 나무처럼 독불장군 같은
식물의 세력은 다른 식물에게 독이 되기도 한다. 실내 공간도

하나의 화분이라고 본다면, 세력의 균형을 깨뜨리며 공간의 빛을
독식하는 식물이 생기기 마련이다. 시작은 같았으나 세력이 점점
거대해진 몬스테라가 만든 그늘 밑, 빛이 가려진 공간 속 식물은
창을 향해 웃자라기 일쑤다. 성장이 왕성하여 과하게 풍성해진
나무가 창가 바로 앞에 줄지어 있으면 안쪽 식물은 빛 서열에서
밀려나 제대로 자라지 못한다. 따라서 어떤 식물은 적정한
수준으로 크기를 유지하며 키울 필요가 있다. 주어진 환경 속에서
모두가 만족스럽게 빛을 받을 수 없더라도 서로 배려하며 빛을
나눠가질 수 있도록, 꼭 창가 앞 햇빛 명당이 아니어도 식물이
필요한 빛을 충분히 받으며 잘 자랄 수 있도록 할 수 있다. 내 경우
햇빛을 좋아하는 다육식물을 창가 제일 앞 명당에 두지만 이들은
천천히 자라기 때문에 안쪽 식물에게도 빛이 들어와 햇빛을
효율적으로 나눠 쓸 수 있다.

　　화분과 식물의 크기를 적절하게 통제하겠다고 마음먹으니
식물 배치도 더 아름답게 할 수 있었다. 향후 이 식물이 어떻게
자라날 것인지 머릿속으로 헤아리면서 선별적으로 크게 키울
식물과 작게 키울 식물을 미리 나눌 수 있었다. 거대해진
고무나무가 만든 그늘 자리에는 작게 키우는 고사리를 비롯한
반음지 식물이 터를 잡았고, 높게 자라난 고무나무 가지 사이로
착생종 난초들이 어우러져 살 수 있게 배치했다. 크고 작은 식물이

적재적소로 놓여 모두가 아름답게 자랄 수 있도록 적절하게
통제할 수 있는 것이다.

 적당히 큰 화분으로만 키우니 정원의 크기를 내가 감당할 수
있는 수준으로 유지할 수 있어 좋았다. 베란다처럼 맘 놓고 물을
뿌릴 수 없어 욕실로 옮겨 물을 줄 때가 많은데 화분을 옮기는 일
또한 그리 어렵지 않게 되었다. 거대하게 자란 식물들을 일일이
욕실로 옮겨 물을 뿌려야 한다면 상상만 해도 끔찍하다. 식물이
아무리 예뻐도 내 손목이 성해야 식물도 성할 수 있으니 말이다.

 식물 크기를 선별적으로 고려하다 보니 수형 관리 또한
편했다. 특히 어떤 식물은 크기에 따라 매력도 달라지는데,
석위처럼 앙증맞은 식물의 매력은 작게 유지될 때 배가 되고
분재사랑초 종류는 잎 선의 매력이 돋보일 수 있도록 숱을 쳐주는
것이 좋다. 풍성해야 예쁜 고사리는 밀도를 높여주고 공간에서
무게감을 잡아주어야 할 식물은 크기를 키워주었다. 주변 식물과
어떻게 어우러질지, 또 줄기와 잎을 어디쯤에서 다듬어줄지
결정하는 것도 수월해졌다. 너무 무성하게 키우지도 않으니
식물의 개수가 많아도 바람이 잘 통할 수 있고, 화분과 조화로운
균형을 이루도록 뿌리와 잎을 정리할 수 있었다. 커다랗게
자란 잎이 옆 식물에 닿아 찢어지거나 상처나는 일도 줄었다.
이 과정에서 전체적인 그림으로도, 식물 하나로도 잘 관리되고

아름다운 정원, 공간이 탄생했다.

　　분재 식물과 야생화를 오랜 시간 키워온 자운님에게 언젠가
세력의 균형에 대한 이야기를 들은 적이 있다. 분재 식물은
작아 보이지만 화분에서 수십 년, 길게는 수백 년을 버텨내곤
한단다. 그건 비단 식물이 사람보다 오래 살기 때문만은 아니다.
그보다는 사람이 식물을 관리하고 있기 때문이다. 사람이 그
식물을 지속적으로 바라봐주고, 예뻐해주고, 관리해주기 때문에
그 식물이 건강하고 오래 살 수 있다는 것이다. 오랜 세월에 걸쳐
나무가 만드는 뿌리, 줄기, 잎의 세력 싸움을 조절하며 황금 비율을
찾아가는 이야기를 들으며 분재란 나무의 세월을 조각하는 것과
같다는 생각이 들었다. 무질서해 보이는 식물의 생장 속에도
질서가 있는 법이다. 뿌리가 되었든 잎이 되었든 저마다 자기
주장만 한다면 그 생태계는 균형이 깨어져 무너질 수밖에 없다.
세력의 균형 조절이 필요한 이유가 바로 여기에 있다. 그렇다고
튀거나 모난 곳을 무조건 도려내고 절제하라는 것은 아니다.
서로가 더욱 조화롭게 살아갈 수 있는 균형의 비율을 찾아 식물이
전체적으로 골고루 잘 자랄 수 있게 도와주는 것, 식물이 건강하고
아름답게 자라 내 공간에서 나와 오랫동안 조화를 이룰 수 있게
지혜를 빌리는 것이다.

플랜트 맥시멀리스트를 위한 '제자리 심기' 분갈이법

식물을 작게 유지하고 키우는 방법으로 '제자리 심기' 분갈이법이 있다. 말 그대로 화분 사이즈를 늘리지 않고 같은 화분에서 키우는 것이다. 식물이 너무 커진다면 작게 만들고 혹은 원하는 크기로 키운 식물을 그대로 유지하며 키우는 방법이다. 어떤 식물이건 화분 속에 뿌리가 가득 차 분갈이를 해야 하는 시기가 온다. 이때 뿌리를 일정 부분 정리하여 원래 쓰던 화분에 그대로 심는 것이 제자리 심기 분갈이법이다. 제자리 심기 분갈이법을 이용하면 식물이 많은 공간을 차지하지 않아 편리하고 변함없이 원래 모습 그대로 키울 수 있어 좋다.

방법은 간단하다. 분갈이 시기가 온 식물을 화분에서 분리해 오래된 흙을 털어준다(이때 분재용 갈퀴 같은 도구를 이용하면 편리하다). 뿌리를 정리하는 요령은 전체 뿌리 길이를 3등분하여 아래에서 3분의 1 지점을 잘라낸 후 다시 화분에 심는다. 화분 크기를 과감하게 줄이고자 한다면 2분의 1 즉 뿌리의 절반을 잘라내는 것도 가능하겠지만, 식물에 따라 뿌리를 너무 많이 제거하면 분갈이 몸살을 앓을 수 있으므로 주의가 필요하다.

하얗고, 만졌을 때 단단하면서 오동통한 느낌이 드는 뿌리는 건강한 뿌리이므로 조심히 다룬다. 한편 상한 뿌리는 까맣거나 말라 있고, 만졌을 때 흐물흐물 녹기 때문에 건강한 뿌리와 확연히 구별된다. 뿌리를 잘라낼 때는 이처럼 상한 뿌리 위주로 잘라낸다.

베고니아나 고사리류처럼 가늘고 무성한 수염뿌리를 발달시키는 식물은 전체 뿌리 중 4분의 1 만큼만 살짝 도려낸 후 꼬인 뿌리를 풀고 흙을 털어낸다.

흙을 털 때는 해충이 알을 낳았을 확률이 큰 윗부분부터 턴다. 꼬인 뿌리를 어느 정도 풀고 길이 정리도 끝났다면 줄어든 뿌리만큼 지상부도 다듬어주어야 한다. 뿌리는 줄어들었는데 잎만 무성하다면 지탱할 여력이 없어 몸살을 앓듯 식물의 잎이 갑작스럽게 떨어지거나 축 처지는 등 식물이 힘들어할 수도 있다. 원하는 크기만큼 뿌리와 잎을 정리하되 너무 무리하게 다듬지는 않는 것. 그 적정한 수준을 잘 찾는 것이 성공적인 제자리 심기 분갈이의 핵심이다.

˚겨울 정원사에게 필요한 것

　　사계절이 있는 우리나라에서 식물을 키우려면 계절의 변화에 민감해야 한다. 식물은 달력을 보지 않지만 변화하는 온도와 빛의 장단에 따라 신기할 정도로 때를 알아차리고 정확히 움직인다. 식물은 언제 자신이 꽃을 피우고 잎을 올려야 할지 본능적으로 안다. 이미 수만 년에 걸쳐 DNA에 기록된 정보의 집합체가 이 모든 것을 알려주는 것이다. 이를테면 봄 하면 떠오르는 히아신스, 수선화, 튤립 같은 대표적인 구근류 꽃들은 차가운 겨울을 나며 호르몬이 자극되고 이듬해 봄꽃이라는 결실을 맺는다. 침엽수는 잎을 떨구지 않고 주변에 다른 식물이 접근하지 못하게 하는가 하면 낙엽 활엽수는 가을이 되면 잎을 떨궈내고 겨울 내내 발가벗은 채 주변 수많은 식물이 햇빛을 충분히 받을 수 있도록 하여 봄철 주인공의 자리를 마련해준다. 늦봄부터는 서서히 역할이 바뀌며 낙엽 활엽수들의 녹음이 짙어지고 자연은 또 하나의 순환을 시작한다. 이처럼 우리가 느끼지 못하는 시간의 흐름 속에서 식물은 천천히 움직이고 있다.

　　겨울은 매년 어김없이 찾아오는 고요의 시간, 생명의

순환을 잇는 중요한 시간이지만, 식집사인 내게는 견딜 수 없을 만큼 힘들고 식물 흥이 가출하는 시기이기도 하다. 식물을 키우기 전에는 겹겹이 옷을 껴입을 수 있고, 크리스마스 특유의 분위기 때문에 겨울을 좋아했다. 하지만 식물과 친해지면서 겨울은 점차 성가신 계절이 되었다. 그도 그럴 것이 겨울은 챙겨야 할 정원 일이 산더미인 데다가 온도까지 극단적으로 떨어지기에 가뜩이나 힘겨운 식집사에게 끔찍한 계절로 다가오는 것이다.

　　일단 겨울이 되면 챙겨야 할 게 한두 가지가 아니다. 빛과 바람이 다른 계절에 비해 충분치 않으니 한동안 구석에 묵혀두었던 식물생장등과 서큘레이터를 꺼내 먼지를 닦아야 한다. 겨울이라고 해도 실내에서는 결코 잠들지 않는 해충 대비도 소홀해서는 안 된다. 남향집에 사는 식집사들이라면 실내 깊숙이 찾아온 햇빛 덕분에 쾌재를 부르겠지만, 이는 반대로 생각하면 그만큼 누군가의 정원에서는 햇빛이 빠져나갔다는 의미이다. 특히 내 정원에는 12월부터 1월까지 햇빛이 아예 들지 않는다. 바람은 서큘레이터로 대신하고, 햇빛은 식물생장등으로 보충하고, 습기가 빠져나간 공기는 천연 가습기로 채운다. 이때처럼 '식물 키우기는 장비빨'이라는 말이 실감나는 때는 없다. 그러니 겨울의 정원은 처음이 두려워서 그렇지 막상 닥치면 '이 또한 지나가리라' 하는 마인드로 버텨내게 된다. 하루하루 고군분투하며 적응하다 보면

어느새 창으로 들어오는 빛이 달라지는 때가 온다. 그렇다, 봄이
오는 것이다!

　　겨울을 마냥 미워할 수만은 없다. 겨울의 정원에는
다른 계절에서 경험할 수 없는 독특한 분위기가 있다. 차갑고
회색빛으로 내려앉은 바깥 세상과는 달리 여전히 녹음진 실내
풍경이 신비로운 분위기를 자아낸다. 식물에 스며드는 빛도
마치 안개에 둘러싸인 듯 차분하다. 활기 넘치던 녹색 빛은
겨울의 색채에 섞여 조금 더 성숙하고 고요하게 빛난다. 지난
계절 시끌벅적하던 식물 선반 식구들도 차분해 보인다. 겨울은
사계절의 끝이자 시작이고, 끝나지 않을 것 같은 침묵 속에서
고요히 새 생명을 품고 봄을 기다리는 계절이다. 창문을 향하던
잎들은 식물생장등 주변으로 모여들고, 마치 비밀스런 모임이라도
하듯 수군댄다. 식물들도 알고 있다. 햇빛을 대신해 식물생장등이
빛나고, 신선한 바람 대신 서큘레이터의 인공 바람이 불어오지만,
곧 봄이 오리라는 걸. 지금은 잠시 쉬어가지만 곧 따뜻한 봄볕과
함께 강렬한 생명의 기운이 찾아오리라는 걸. 그래서 식물도
나도 차분히 기다린다. 서로를 위로하고 보듬으며 인고의 시간을
견뎌낸다.

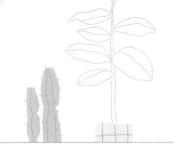

월동을 위한 실내 정원 체크리스트

햇빛: 실내에서 식물이 월동하는 경우 햇빛, 물 주기, 통풍, 온도 등 챙겨줘야 할 부분이 많을 수밖에 없다. 다행히 남향 정원이라면 햇빛이 깊숙이 들어와 충분한 광량을 유지하겠지만, 그렇지 않은 대부분의 정원에는 햇빛이 살짝 발만 담근 느낌으로 찾아온다. 이때 식물생장등을 이용해 빛을 보충해주면 좋다. 하지만 식물생장등은 자연의 햇빛을 온전하게 대체해준다기보다 햇빛을 보조하는 정도로 사용하는 것이 좋다. 적정거리를 지켜 비춰주고, 해가 뜨는 시간에 켜서 해가 지면 끄는 것이 정석이지만 겨울에는 워낙 해가 일찍 저물기에 오후 6~7시 사이에 맞춰 전원을 꺼도 좋다. 이때 적정거리를 지켜 사용하면 겨울에도 식물이 느긋하게 자라주고, 선인장이나 제라늄이 꽃을 피우기도 한다.

통풍: 남향 베란다라면 낮 시간 해가 강하게 들고 온도가 따뜻하게 올라갈 때 잠깐 환기를 해볼 수 있겠지만 장시간 환기는 냉해를 입힐 수 있으므로 주의해야 한다. 이때 효과적인 해결법은 서큘레이터를 활용하는 것이다. 서큘레이터 바람은 식물에 직접 닿지 않게 벽 혹은 천장으로 보내 공간 전체에 공기가 순환하도록 유도한다. 겨울철 정체된 실내 공기는 식물에게 장해를 유발할 수 있다. 화분의 흙이 정체된 공기 흐름 때문에 잘 마르지 않으면 식물은 곰팡이, 과습 등 병해를 입을 수 있다. 또 서서히 약해진 식물에게 어김없이 파고드는 해충도 문제다. 따라서 겨울철 실내 식물에게는 빛만큼이나 통풍도 중요하다는 사실을 염두에 두자.

온도: 식물 월동에 있어 기본적인 조건은 바로 온도다. 몬스테라, 보스턴 고사리 등 다양한 열대 관엽식물은 추운 겨울을 겪으며 자라던 식물이 아니기에 쉽게 냉해를 입는다. 심한 경우 식물이 하루아침에 꽃다리를 건널 수도 있다. 특히 물을 준 후 외풍이 드는 곳이나 가온되지 않는 베란다에 둘 경우 냉해를 입기 쉽다. 키우는 식물이 견딜 수 있는 최저 온도를 알아보고 겨울이 되기 전 적당한 자리로 재배치한다. 빛을 많이 요구하지만 실외 월동이 불가한 식물, 이를테면 아카시아나 유칼립투스 같은 경우에는 실내 안쪽(가급적 너무 춥지 않은 베란다)에 두되 적은 양의 빛에 서서히 적응할 수 있도록 적응 훈련을 시켜주어야 한다. 단번에 안쪽으로 옮겨 어두운 곳에 둔다면 잎이 우수수 떨어져내릴 수 있기에 주의가 필요하다. 가을부터 어두운 빛에 적응하는 시간을 거치고, 실내에 들일 때도 가장 밝은 자리를 내어주고 식물생장등으로 보조하는 등의 노력이 필요하다.

4장

。

즐거움을 나누는 즐거움

° 식물인의 정

내 유튜브 영상 중 〈식물일기〉는 실내에서 수백 종의
식물을 키우면서 겪은 어려움과 식물이 주는 위로를 나누고 싶어
시작한 것이었다. 내 시행착오가 다른 사람이 식물을 키우는 데
도움이 되길 바라는 마음도 있었다. 그러다 내 경험에서 한발 더
나아가 넓디넓은 식물의 세계를 공유하고, 다른 사람이 가꾸는
정원의 모습과 철학도 탐구하고 싶었다. 그래서 〈식물일기〉
플레이리스트에는 '랜선 나들이' 콘셉트로 단순히 개인이 키우는
공간뿐만 아닌 편집숍, 농장과 화원, 식물 카페 등 다양한 형태의
공간 속에 녹아든 식물을 탐구하는 영상이 소개되고 있다.
낯을 가리고 부끄러움이 많은 성격이라 항상 섭외에 어려움을
느끼지만, 내 마음이 통한 건지 흔쾌히 정원을 공개해주는 분이
많아 늘 감사하다. 처음 만나는 사이더라도 식물 이야기를
시작하면 금세 마음의 벽이 허물어지고 친밀해지곤 한다.
무엇보다 새로운 식물에 대해 배우고 몰랐던 식물의 매력을 알게
되는 기쁨과 보람이 크다. 〈식물일기〉를 찍으며 정말 다양한
사람을 만났지만 그들에게는 한 가지 공통점이 있다는 사실을
알게 되었다. 바로 식물의 미감보다 식물과 나누는 교감을

우선시한다는 것이다. 식물 판매를 업으로 삼은 분도 있고 취미로
정원을 가꾸는 분도 있지만 하나같이 말 못 하는 생명과 나누는
교감 그리고 거기에서 오는 즐거움과 위로를 공유하고 싶어 했다.

    식물을 애정 어린 눈으로 바라보며 키우는 사람들은
그만큼 고된 노동을 기꺼이 해내는 사람들이기도 하다. 아름다운
정원은 끊임없는 노동의 대가다. 관리가 조금만 미흡해도 티가
나고 청소할 부분이 곳곳에 눈에 띈다. 그래서 정원에는 식물을
아끼고 사랑하는 주인장의 마음가짐이 드러날 수밖에 없다.
욕심을 부려 감당하지 못할 만큼 이 식물 저 식물을 데려와 방치한
정원은 아름답지도 않고 생동감도 느껴지지 않는다. 그러나 잘
가꾼 정원에는 어김없이 곤충과 새가 날아들고 사람들이 머문다.
그래서 식물이 행복하게 자라는 정원에는 식물을 아끼는 사람들의
순수한 마음이 조곤조곤 쌓여 정을 붙일 수 있는 따스한 공간이
된다.

    경기도 용문역 근처 카페 '도프커피'도 그러한 식집사들이
모이는 공간 중 하나다. 블로그 시절부터 알고 지낸 이웃이자
대단한 식물 덕후인 '건님'이 운영하는 카페다. 건님의 식물 키우는
능력은 워낙 유명해서 그가 키워낸 식물을 구경하러 방문한
식물 이웃들을 우연히 그리고 자주 목격할 수 있는 곳이기도

하다. 향긋한 커피를 마시며 이곳을 가득 채운 거대하고 우렁찬
자태의 식물들을 보고 있자면 정말이지 마음이 벅차오른다.
또한 이토록 눈부시게 아름다운 정원을 만든 분은 과연 어떤
사람일까, 뭉게뭉게 호기심이 피어오른다. 이 공간의 주인인
건님은 한마디로 드넓은 태평양 같은, '식물대인배'라고 할 수
있다. 식물을 좀 키워본 사람이라면 오랜 시간을 공들여 키운
식물을 금세 판별할 수 있는데, 남들이 만져보기만 해도 아까울 그
귀한 식물들을 "이거 키워보실래요?" 하며 거침없이 건넨다. 카페
곳곳을 감탄하며 돌아다니다 정신을 차려보니 어느새 내 품 안에
그가 건넨 식물들이 한아름 안겨 있다. 구석구석에 숨은 근사한
식물들을 소개해주다가도 누군가가 "와! 정말 예쁘네요!" 하고
외치면 기다리기라도 했다는 듯 "잘라줘요?" 하며 가위를 든다.
상황이 이렇다 보니 함부로 감탄하기가 도리어 미안할 지경이다.
도프커피에서 건님을 만나고 돌아올 때면 나 또한 다른 사람에게
무엇이든 베풀고 나누고 싶은 마음으로 가득해진 것을 느낀다.

　　건님의 식물 키우는 능력은 정말 독보적이다. 선물로 드렸던
아기 식물도 몇 달 후에 보면 엄마 식물보다 훌쩍 커 있다. 그의
손만 닿으면 식물이 마법처럼 무럭무럭 자란다. 혹시 비법이
있는지 물어보곤 하는데, 그때마다 건님은 담담하게 대답한다.
"다른 거 없어요. 물 잘 주고 햇빛 잘 주면 돼요." 아니, 우리도

똑같이 하는데 왜 건님의 식물만 그토록 아름답고 찬란하단
말인가! 하루는 카페에 가만히 앉아 건님을 관찰해보았는데,
한시도 쉬질 않았다. 손님을 응대하고 음료를 만들다가 좀
쉴 만하면 화분과 물뿌리개를 들고 카페를 돌아다닌다. 알고
지내는 이웃들이 있으면 조르르 걸어와 조곤조곤 식물 이야기를
들려주다가도 갑자기 물 줘야 한다며 테이블 옆에 있던 화분을
들고 홀연히 사라진다. 여기서 또 하나의 단서를 유추할 수 있다.
흙! 도프커피 식물들의 흙은 늘 정말 신선한 상태로 유지되고
있다. 결코 미루지 않고 식물이 필요한 때에 꼭 맞춰 분갈이를
해준 느낌이랄까! 결국 주어진 환경에서 최대한 식물이 목마르지
않도록, 햇빛을 조금이라도 더 받을 수 있도록, 그리고 뿌리를 더
깊게 펼칠 수 있도록 부단히 노력하는 것이 건님의 비결이었다.
그리고 그 비결을 유지할 수 있는 원동력, 그건 바로 식물을
진심으로 좋아하는 그의 마음이다.

일산의 그릇 공방 '그릇에그린'은 늘 랜선으로 동경해오다가
〈식물일기〉 촬영을 계기로 방문한 정원이다. 주인장 현옥님은
핸드페인팅 작가로, 육아 스트레스로 힘들었던 어느 날 문득
화원에서 마주친 화분에 반해 식물을 키우기 시작했다고 한다.
키우기 까다로운 야생화들이 매년 화사하게 피어나는 현옥님의

정원은 실제로 보니 너무 아름다워 비현실적으로 보일 정도였다.
정원을 촬영하던 날, 반갑게도 10년을 키운 올리브나무가
처음으로 꽃을 피워줬고, 진심으로 감동한 작가님 얼굴에 수줍은
미소가 떠올랐다.

　　　그릇에그린은 한적한 시골 오두막집을 연상케 한다. 오래된
소품과 꽃 들이 어우러져 동화의 한 장면을 보는 것 같기도
하다. 현옥님이 자신에게 가장 행복한 공간이라고 말하는 작업
책상은 꽃을 살피는 돋보기와 어질러진 물감이 포근한 분위기를
자아내고, 작업실 군데군데에서 꽃향기가 느껴진다. 식물은
화분에만 키우는 것이 아니라면서 직접 만든 컵, 그릇에 심은
식물을 하나하나 꺼내보이기도 한다. 이따금 찾아오는 고양이를
보살펴주고, 꽃의 꿀을 찾아온 벌과 함께하는 정원의 일상이
현옥님이 만든 그릇에 그대로 녹아들었다. 작업실 서랍 속에는
'바다물건'이라 부르는 조개껍데기와 가래 열매가 들어 있다.
친구의 정성이 담긴 선물을 추억하는 목소리에 뭉클함이 어려
있다. 언젠가 접시꽃이 가득 피어난 들판에서 그림을 그리고
싶다는 작가님, 살아 있는 모든 것에 감사하는 작가님의 순수한
마음이 정원과 작업실 곳곳에 담겨 내게 전해지는 느낌이었다.

　　　좋아하는 식물과 물건이 가득한 공간에는 진실한 마음이

그대로 담겨 있다. 이들의 공간이 빛나는 건 식물이 예쁘게 자라서,
장식된 소품이 아름다워서가 아니다. 공간을 가꾸는 사람이
아름답기 때문이다. 건님의 식물이 거대하고 울창하게 자라는
것은 그만큼 그가 넓은 마음을 나눠주기 때문이고, 현옥 작가님의
정원이 아름다운 것은 그곳에 생명을 사랑하는 마음이 담겨 있기
때문이다. 그래서 힘을 주어 멋 부리지 않아도 그 자체로 빛나고
향기롭다.

진심이 느껴지는 식물 공간

언젠가 유튜브 영상에 이런 댓글이 올라온 적이 있다. '마음에 여유가 있어야 식물을 키울 수 있을 거라고 생각했지만, 식물을 키워야 마음에 여유가 생긴다.' 식물에 대한 진심 어린 애정과 마음의 여유가 느껴지는 식물 공간 다섯 곳을 소개한다.

도프커피: 경기도 양평군 용문면 용문로 333 | @doap_coffee
다양한 테마 카페가 쏟아지는 요즘 도프커피는 유행을 따르지 않는 남다른 인테리어가 돋보이는 카페다. 단순히 식물을 멋들어지게 장식하는 플랜테리어가 아닌, 식물이 행복하게 자랄 수 있는 연출이 돋보이는 공간이다. 특히 화분에서 키웠음에도 불구하고 식물원 못지 않게 큰 규모의 식물을 구경할 수 있고, 다양한 안스리움 희귀종도 만날 수 있다. 직접 로스팅하는 부드러운 커피를 음미하면서 잔잔한 음악과 함께 조용히 식물을 바라보며 정글에 온 듯한 환상에 빠져보자. 시즌 메뉴인 고소한 피스타치오 소프트아이스크림이 압권이다.

그릇에그린: 경기도 고양시 일산동구 정발산로196번길 7-23 1층 | @h_ok64
핸드페인팅 작가이자 도예가인 김현옥 작가의 공방으로 야외 정원과 실내 작업실 모두 꽃으로 가득하다. 직접 씨앗을 뿌려 꽃을 피우고, 정성 들여 가꾼 정원의 모습을 그릇에 담는다. 앤티크한 소품과 조화롭게 장식된 꽃들이 주는 동화적이고 목가적인 분위기가 도심 속 타샤 튜더의 정원을 연상시킨다.

노가든: 서울시 마포구 와우산로18길 30 1층 | @no_garden_
정원 없는 가드닝을 추구한다는 의미로, 솔로몬님이 운영하는 플랜트숍. 호주와 남아프리카 식물을 주력으로 하며 화분계의 명품 '두갸르송' 수제 토분을 오프라인으로 구할 수 있는 곳이기도 하다. 급격하게 변화하는 식물 유행에 기대지 않고 식물 고유의 정체성을 드러내는 것에 집중하며 건강하게 자란 예쁜 식물을 구할 수 있는 곳이다.

이원난농원: 경기도 김포시 월곶면 문수산로 337 | @leewon_rareorchid
우리나라 1세대 난원 중 하나로 2대를 이어온 난원 명가다. 동양란이 주목받을 때 일찍이 서양란에도 관심을 갖고 원종 보존에 힘써온 덕에 다양한 멋을 지닌 난초를 감상할 수 있는 곳이다. 난초와 다양한 관엽식물이 어우러진 공간을 둘러보면 식물 테마파크에 온 기분이다. 단순히 난을 구매하는 곳이 아니라 난초에 대한 다양한 정보와 매력을 알아갈 수 있어 난초에 입문한다면 반드시 들

러야 할 난원이다.

조인폴리아: 경기도 파주시 월롱면 황소바위길 304 | @joinfolia
다양한 식물을 보급하는 데 앞장서온 농장으로 3,000여 종이 넘는 식물을 보유하고 있어 식물 견문을 넓히기에 훌륭한 곳이다. 국내에서 보기 드문 원스톱 가든센터로, 식물뿐 아니라 화분, 가드닝 소품과 도구 등을 한번에 구할 수 있어 편리하다. 특히 온실동 '정글가든'에는 그동안 보급해온 식물들이 겹겹이 자라고 있어 남아메리카나 동남아시아의 정글에 온 듯한 착각이 들기도 한다. 대중적인 식물부터 행잉식물, 희귀식물도 구매할 수 있다.

∘ 함께 키우는 가드닝

　　지금은 SNS를 통해 여러 식집사들과 소통할 기회가 많지만, 내가 처음 가드닝에 입문할 때만 해도 국내에는 이른바 '식물 계정'이라고 부를 만한 SNS 계정이 거의 없었다. 그나마 블로그에 자신이 키우는 식물의 일상을 기록한 일기장 같은 경우가 몇몇 있을 뿐이었다. 그 내용도 무척 소박했다. 오늘 본 식물이 참 예뻤다거나, 해충을 발견해서 힘들었다거나, 찾고 있던 식물을 찾게 되어 너무 행복하다거나, 귀한 화분을 구해서 식물에게 입혀줬더니 옷이 날개라는 등 소소한 이야기지만 식집사라면 응당 공감할 만한 가드닝 일상에 대한 에피소드였다. 비록 화면 너머의 타인이지만 그들의 정원에 꽃이 피면 나도 행복했고, 새로운 식물을 보면 위시리스트가 하나 늘기도 했다. 식물 친구가 없던 시절 블로그 이웃들의 글은 나에게 위안과 기쁨을 주었고, 나도 블로그를 열고 방구석 가드닝에서 벗어나 내 식물 일상을 기록하고 싶다는 생각이 들었다. 내가 그랬듯 방구석 가드닝에 몰두하고 있는 식집사의 심심함을 달랠 수 있도록 말이다.

　　식물을 키우면서 늘 식물 앞에 겸손해야 한다는 것을

배우게 된다. 내가 키우는 식물이 잘 자라면 우쭐해지기도 하지만, 조금만 눈을 돌려 다른 식물 공간을 탐험해보면 세상에는 정성을 다해 식물을 잘 키우는 사람들이 참 많다는 걸 알 수 있다. 게다가 아무리 이론을 탄탄하게 이해하고 있어도 늘 뜻밖의 상황을 마주하게 되는 것이 가드닝이고, 각자의 환경에 따라 식물이 자라는 것도 천차만별이다. 그래서 식물에 관해 글을 쓸 때 최대한 객관적인 정보를 담으려 하며 의견을 전달할 때는 조심하게 된다. 그럼에도 글을 쓰는 까닭은 함께 식물을 키우며 공감하는 것 역시 가드닝의 또 다른 묘미이기 때문이다.

그러던 어느 날 내 누추한 블로그에 따뜻한 댓글 하나가 달렸다. 검색해도 잘 보이지 않는 내 블로그를 찾아온 것도 신기한데 나와 비슷한 종류의 식물을 키우는 사람이어서 더 눈길이 갔다. 그 사람은 내가 드문드문 올리는 포스팅마다 댓글을 달았고, 몇 번의 댓글 왕래가 식물 수다로 이어졌다. 우리는 오로지 식물에 대해서만 이야기했다. 오늘 응애가 나타나서 힘들었다느니, 빛을 다르게 주니 꽃이 피었다든지 일상적인 식물 이야기부터 식물의 생리적 현상에 대한 소박한 토론을 주고받기도 했다. '우리'가 키우는 식물에 대해 말하다 보니 각자가 알고 있던 노하우도 공유하게 되었다. 그렇게 시작된 식물 수다는 혼자 하던 단조로운 방구석 가드닝 생활에 신선한 자극이 되었다. 그 댓글의

주인공, 지금도 같이 농장이나 식물 카페를 다니는 내 이웃, 바로
토끼여우님이다. 블로그가 아닌 오프라인에서 직접 만나기까지는
시간이 조금 걸렸지만, 나의 첫 식물 친구다.

　블로그에서 인스타그램으로 옮겨 간 뒤에도 새로운 식물
친구를 만날 수 있었다. 인스타그램 피드의 식물은 곧 식물을
키우는 가드너의 얼굴과 다름없기에, 식물 이야기를 나누다보면
이런 식물을 키우는 사람은 어떤 사람일지 궁금해진다. 그런
호기심으로 만나게 된 이웃이 달모래님과 이얀님이다. 이얀님과
친분이 있던 달모래님이 먼저 만나자고 해준 것이 계기가 되어
지금까지 왕래하는 소중한 두 번째 그리고 세 번째 식물 친구가
되었다. 식물 세계는 생각보다 좁기도 하다. 식물 친구로부터
소개받은 식집사가 알고 보니 한두 다리 건너 알고 지내는
사람인 경우도 흔하다. 어느 날 방문한 식물 마켓에서 징검다리를
건너듯 소개받은 사람이 알고 보니 블로그 시절 댓글을 주고받던
각필드님이었다든지, 각필드님의 식물 단짝 크레이브님을
소개받아 식물이 가득한 크레이브님의 가죽 공방이 화원 나들이
전 만남의 장소가 되기도 하는 식이다. 그렇게 식물을 통해 소중한
인연들이 만들어졌다.

　식물이라는 공통의 관심사로 얽힌 식물 친구들이야말로
가드닝에서 빼놓을 수 없는 소중한 존재다. 선입견일 수도

있겠으나 식물인들은 대개 정이 많은 편이다. 만날 일이 생기면
서로 약속이나 한 듯 이것저것 준비해온 선물들이 한가득이다.
다른 사람에게는 외계어로 들릴 법한 식물, 흙, 비료 이름이
난무하는 대화를 주고받다가 서로의 가드닝에 도움이 될 만한
소소한 선물들을 나눠주며 함께 기뻐한다. 상대방이 평소 키우고
싶다고 말했던 식물을 깜짝선물로 내놓거나, 새로 구매했는데
놓아둘 자리가 부족하다며 취향이 비슷한 식물 친구에게
건네주기도 한다. 간혹 내가 나눠준 식물이 무럭무럭 자라
번식까지 해 또 다른 친구에게 가 있는, 나도 몰랐던 '손자 식물'을
만나게 되는 재미난 경우도 있다. 물론 나누는 건 식물만이 아니다.
식물지지대나 이름표 같은 소소한 원예용품과 정원 소품, 달콤한
군것질거리까지! 이때 손글씨 가득 적힌 편지와 세심한 포장도
빼놓을 수 없다. 이 모든 것은 정말이지 순수하게 식물을 좋아하는
마음이 아니라면 억지로 할 수 없는 일이다. 그 누구도 강요하지
않지만, 내가 좋아하는 것을 혼자가 아닌 함께 즐기고 싶어서,
그래서 기쁨을 두 배, 세 배 키우고 싶어서 오늘도 식집사들은
소소하지만 따뜻한 마음을 서로에게 나누며 행복해한다.

　　이렇듯 식물은 혼자 키우는 것도 좋지만, 같이 키울
때 그 즐거움이 배가 된다. 각자의 정원에서 있었던 힘든 일,

즐겁고 기뻤던 일을 이야기하며 단순히 식물 키우는 것 이상의
풍요로움을 누린다. 식물이 연결해준 소중한 인연들. 그들의
따뜻한 온정을 떠올릴 때면 괜스레 마음이 푸근해진다.

작년에 이얀님이 말레이시아로 3년 동안 떠나게 되어 나를
비롯한 여러 식물 이웃들이 무척 아쉬워했다. 아쉬운 마음이야
이얀님도 마찬가지였지만, 이삿짐은 물론 당장 식물을 정리해야
하는 큰 문제에 부딪쳤다. 쿨하디 쿨한 이얀님에게도 오랜
시간 보듬고 키운 소중한 식물들을 정리하는 일은 정말 어려운
일이었다. 그래서 이얀님은 가까운 이웃들에게 아끼던 몇몇
식물의 임시 보호를 요청했다. 나에게는 알로에 2개, 아디안툼,
아스파라거스가 맡겨졌다. 그중 아스파라거스 미리오클라두스는
이얀님이 기막힌 솜씨로 길러내 구름 같은 잎이 몽글몽글
피어오르는 모습이 정말 아름다웠다. 식물로 미어터지는 내
정원이지만 이얀님의 아스파라거스만큼은 우리 집 거실에서 아침
햇살을 한껏 받을 수 있는 명당을 내주지 않을 수 없었다. 알로에는
빛이 가장 오래 머무는 자리에, 아디안툼은 내 고사리 구역에 터를
잡았다. 원래 주인이 돌아오실 때까지, 이얀님이 식물을 아끼던
마음 그대로 정성껏 보살피려 한다.

나눔을 위한 번식법

나눔을 통해 식물 키우기의 기쁨을 다른 사람과 나눌 수 있다는 것은 가드닝의 숨은 매력이다. 이 때 물꽂이는 초심자도 쉽게 따라할 수 있는 유용한 방법으로, 대부분의 식물 번식에 유용하게 사용할 수 있다. 물꽂이는 줄기의 일부를 물속에 담가 뿌리를 내리는 방법인데, 이때 식물의 잎자루가 아닌 줄기를 잘라야 한다는 점에 주의한다. 잎자루는 식물 잎을 지탱하는 부분을 말하는데, 줄기와 달리 생장점이 없어 자라지 않는다. 한편 줄기는 잎이나 꽃이 자라나는 식물체의 중심축 중 하나로, 목질화(식물이 자라면서 줄기와 뿌리 부분이 나무처럼 단단해지는 현상)가 일어나지 않은 연한 조직일수록 쉽게 뿌리가 발달한다.

줄기를 자를 때는 새로운 생장점으로 발달할 수 있는 잠재적 눈이 포함된 부분의 줄기를 잘라야 하는데 눈은 식물에 따라 줄기 끝 혹은 줄기 옆에서 자라난다. 잘라낸 줄기의 일부를 삽수라고 부르는데, 물이 담긴 용기에 삽수를 넣으면 물에 담긴 부분부터 하얀색 뿌리가 자라난다. 뿌리가 어느 정도 자라면 흙에 옮겨 심어 배양하면 번식이 완료된다. 삽수에 생장점이 포함되어 있지 않다면 잠들어 있던 또 다른 눈에서 생장점을 만들어내며 자란다. 한편 생장점이 포함된 삽수라면 그 생장점에 힘을 쏟아 성장한다. 고무나무, 몬스테라, 안스리움, 베고니아, 호야 등 다양한 관엽식물을 이 방법으로 간단하게 번식할 수 있다.

° 식집사의 불치병

온 세상이 설익은 초록빛으로 물드는 5월, 나는 마음의
병을 앓고 있었다. 소리소문없이 찾아오는 이 병의 이름은
야생화병, 내가 봄마다 시름시름 앓는 병이다. 이 병의 증상은
햇볕, 온도, 색감의 삼위일체로 이루어지는데 특히 야생식물에
대한 갈망과 집착을 보이는 것이 특징이다. 햇볕이 따사로운
맑은 날에는 그 증상이 더 심해져서 하던 일도 뿌리치고 밖으로
뛰쳐나가게 할 만큼 위협적이다. 유혹에 져버렸다는 죄책감은
식물이 주는 기운을 받으면 일에 더 집중할 수 있으리라는 자기
최면으로 무마한다. 옅은 죄책감과 하루 동안의 피로는 햇빛을
받아 반짝이는 식물의 얼굴을 보는 것만으로 사르르 녹아내린다.
ISFJ라는 MBTI 유형이 무색할 정도로 이맘때면 공원, 산, 동네
화원, 꽃시장 등 식물이 있는 곳을 온종일 돌아다니며 에너지를
얻는다.

내가 사랑하는 식물 농장은 보통 도심 밖에 있어서
대중교통으로 가기 어렵다. 그러다 작년에 큰맘 먹고 장롱에
묵혀두었던 면허증을 꺼내 들었다. 식물을 보고 싶은 마음에
운전에 대한 두려움과 게으름을 떨쳐낸 것이다. 발이 닳도록 식물

농장에 다닌 덕인지 이젠 제법 운전 실력이 늘어서 고속도로
출구도 놓치지 않고 차선 변경도 자연스럽다. 이제는 베스트
드라이버를 자처하며 이웃들의 농장 방문길에 나서기까지 하며
사소한 성취에 우쭐거리고 있다.

　야생화병을 앓다 보면 내 환경에 맞지 않음을 뻔히
알면서도 기어코 들이고야마는 식물도 생긴다. 병명에서 알 수
있듯 바로 야생화다. 내가 키우는 열대식물도 자기네 고향에서는
야생화겠지만, 사계절에 익숙한 나로서는 한국의 봄, 여름, 가을,
겨울을 모두 날 수 있는 식물이어야 비로소 야생화답게 느껴진다.
도대체 이 야생화의 매력이 뭐길래 내 마음을 이렇게 봄마다
애달프게 하는지! 갖지 못하는 것에 대한 집착일까? 내 환경에서
키울 수 없어서 더 끌리는 걸까? 매년 봄 나는 야생화 화분 앞에서
수십 수백 번 고민한다. 집에서 키우지 못한다는 것을 머리로는
알아도 결국 나는 자연의 유혹 앞에서 한없이 나약한 식물 덕후다.
이듬해 봄, 빈 화분으로 돌아가는 아픔을 반복하면서도 배우지
못하는 바보다. 키우지 못한다면 눈으로라도 실컷 구경해야
한다는 마음 탓일까. 봄이면 틈날 때마다 야생화 농장으로 식물
나들이를 나선다.

　만물이 깨어나는 5월이면 늘 들르는 곳이 있으니, 바로
야생화 농장 '두메풀밭'이다. 사장님과 오래오래 식물 수다를

나누기 위한 커피 한 잔과 식물을 담을 카메라만 챙기면 준비
완료다. 뚜벅이 시절과 달리 차를 몰아 한달음에 달려온 농장 대문
앞에는 거대한 이팝나무가 달콤한 향을 내뿜고 있다.

　　고사리와 야생화를 주로 키우는 두메풀밭은 사장님이
정성스럽게 가꾼 식물이 기다리는 곳이다. 오래된 찻잔과 그릇이
화분을 대신하기도 하고, 장독대와 기왓장에도 식물이 뿌리를
내린 정겨운 풀밭이다. 온실로 들어서는 순간부터 사장님의
기발한 발상과 내공이 느껴진다. 세월이 느껴지는 장독 위로
풍로초와 갯모밀이 넘쳐흐르고, 싱그러운 이끼들이 화분 사이를
비집고 숨어 있다. 지저분한 화분 하나 없고 온실 환경도 늘 깔끔한
이곳. 너무 과하지도 단출하지도 않게 적당히 알맞은 규모를
유지하는 풀밭을 보고 있으면 식물에 대한 사장님의 열정과
사랑이 오롯이 전해진다. 흉내 내고 싶어도 흉내 낼 수 없는
두메풀밭의 감성! 이곳에서는 시장에서 데려온 히말라야등불도
명품 식물로 변모하고 길가에 흔히 보이는 담쟁이넝쿨도 대문을
장식하는 예술 작품이 된다.

　　풀내음이 가득한 온실 속 물기가 마르지 않은 식물의
얼굴에는 맑은 햇살이 담겨 있다. 촉촉한 공기를 타고 들려오는
정겨운 라디오 소리가 고즈넉한 농장에 사람 냄새와 정겨움을
더한다. 저 멀리 숨바꼭질하듯 식물 사이에서 물을 주고 있는

사장님이 보인다. 뜨거운 햇볕을 막아주는 챙이 큰 모자를 눌러쓴 사장님이 나를 돌아보고는 호탕한 웃음으로 반겨준다.

"사장님! 분재 사랑초 아직도 잘 크고 있어요! 꽃도 너무 잘 펴줘서 행복해요!"

가장 먼저 사장님에게 받은 분재 사랑초의 근황을 전했다. 식물을 떠나보낸 식집사는 떠나보낸 식물의 근황을 제일 먼저 궁금하기 마련이다. 일반적인 사랑초와 다르게 휴면(발육이나 생장을 멈춤)하지 않는 분재 사랑초는 줄기가 목질화되면서 작은 꽃나무처럼 자라는 야생화로 우리 집 분재 사랑초는 바로 이곳 두메풀밭 출신이다. 들여올 때 식물 친구들이 내 정원 환경에는 맞지 않다고 뜯어말렸지만, 그때 나는 이미 야생화병을 심각하게 앓고 있는 중이었다. 나무처럼 단단한 줄기에 클로버를 닮은 잎과 분홍색 꽃이 피는 사랑스러운 외형에 한눈에 반해 덜컥 데려온 녀석이다. 그런데 모두의 걱정을 이겨내고 너무나도 잘 자라 꽃까지 피워내는 게 아닌가! 사장님도 신기해하며 축하해주셨다. 그렇게 근황을 주고받다가 사장님이 내게 보여줄 게 있다며 밖으로 발걸음을 재촉했다.

사장님은 야외 정원을 터벅터벅 걸으며 말했다. "내가 재밌는 거 알려줄까요? 여기선 땅을 기어 다니게 돼요." 땅을 기어

다닌다니! 무슨 말인지 되묻기도 전에 사장님이 무성한 수풀
아래 앵초를 가리켰다. 이어서 이른 봄에 연보라색으로 피어났던
깽깽이풀과 여름의 문턱에 저물어버린 여러 봄꽃을 가리키며
아쉬움을 토로하셨다. 그렇게 땅에 핀 꽃을 하나하나 살피다 보니
정말 정원을 기어 다니는 내 모습을 발견할 수 있었다. 사장님은
여름은 꽃 대신 나무가 반짝이는 시기라며 땅 이야기를 이어갔다.
땅은 참 신비로워서 나무의 잎이 무성하고 낙엽이 지지 않으면
식물이 잘 자라지 못해 화려한 봄꽃도 볼 수 없다고 하셨다. 나무
밑 식물들은 겨우내 양질의 햇빛을 받고 땅의 보살핌을 받아야
이듬해 꽃을 피워낸다는 것이다. 소나무처럼 낙엽이 지지 않는
침엽수 밑에는 응달을 좋아하는 이끼나 고사리가 터를 잡는다고도
한다. 사장님의 땅 이야기에 귀를 기울이니 미처 보지 못했던
식물들이 눈에 들어왔다. 돌 틈 사이로 구실사리와 부처손의
강인한 모습이 보였고, 여름의 초입을 알리는 붓꽃이 수줍은 듯
보랏빛을 머금고 있었다. 수국을 닮은 어여쁜 분홍 설구화가
탐스럽게 피어났고 비비추도 이어서 꽃 피울 준비를 하고 있었다.
하나의 정원 안에 존재하는 각각의 식물들은 시간의 흐름에 따라
모두가 한 번은 찬란히 빛나는 시간을 가질 수 있다. 그 모든 걸
가능케 하는 것은 정원의 지력地力, 즉 땅심과 계절이었다.

"여기가 요즘 내가 제일 좋아하는 자리에요."

사장님이 갑자기 멈춰서자 땅만 내려다보던 나는 고개를
들었다. 공작단풍나무가 바람에 흔들리며 고아한 줄기를
뻗어올렸고, 시선의 소실점을 따라 사초의 물결이 펼쳐졌다.
무언가에 홀린다는 게 이런 느낌일까! 최면에 빠지듯 자연의
소리에 젖어 정원의 초록빛 바다에 빠져들자 사장님의 목소리가
아득하게 들려왔다. 단풍나무 잎 사이로 비치는 따스한 햇볕이
피부에 스치는 순간 소름이 돋았다. 정원 속에 갑자기 홀로 남겨진
듯한 고요함에 전율하면서, 사장님이 정원으로 안내해준 이유를
알 것 같았다. 베란다조차 없는 실내에서 식물을 키울 때에는 결코
느낄 수 없는 땅의 힘, 식물을 길러내는 땅심! 사장님은 죽어가던
식물도 살려낸다는 그 땅심의 맛을 내게 나눠주고 싶었던 게
아닐까. 화분 속 식물의 모습만 보아서는 상상할 수 없는, 땅이
길러낸 식물 본연의 모습은 먹먹한 감동으로 다가왔다.

지난 늦가을에 만났던 두메풀밭 정원의 식물들은 저마다의
고초를 안고 잠들어가고 있었다. 차가운 대지에 남은 건
쇠락해가는 생명, 저물어가는 하루 끝에 생기 잃은 식물들이었다.
하지만 이 모든 것은 다음 세대를 위한 태동의 시간이었다. 겨울의
사나운 발톱으로부터 자신을 지키기 위해 잎을 버리는 생존
전략을 짜냈고, 짧은 시간 동안 강렬하게 비추는 햇빛에 열매와

내일의 씨앗이 여물고 있었다. 나무 그늘막이 걷힌 땅을 햇볕과
낙엽이 대신 품어주면서 겨울을 버텨온 봄, 두메풀밭은 눈부신
녹음으로 다시 나를 반겨주고 있었다. 올해도 약속처럼 정원의
땅은 식물을 길러내고 보살폈다. 자연의 섭리에 맞춰 식물의
시간을 기다려줬다. 사장님은 땅이 키운 생명의 여정을 내게
보여주고 싶었던 것이다.

　　온실로 돌아와 사장님의 시원쌉싸름한 특제 음료를 마시자
마음이 푸근해지면서 조금 전 느꼈던 전율을 떠올랐다. 식물을
화분에서 키울 수밖에 없는 나는 땅심의 실체가 안겨준 감동을
잊고 싶지 않았다. 음료를 마시며 두메풀밭의 정원과 온실 속에서
또 다른 작은 생명들을 만날 수 있었다. 그 과정에서 왜 두메풀밭의
슬로건이 '유쾌한 풀밭 이야기'인지, 사장님이 어째서 그토록
호탕하고 활기찬지 이해할 수 있을 것 같았다.
　　그리고 집으로 돌아가는 길 뒤늦게 허전함이 느껴졌다.
　　"아 맞다. 나 오늘 고사리 사려고 갔지!"

° 묵은둥이, 귀둥이, 우리 집 터줏대감

겨울이 다가오는 요즘 나는 난초에 푹 빠져 있다. 주로
관엽식물을 키우다 보니 팔레놉시스(호접란)와 먼저 친해졌고,
풀만 무성한 정원에서 이 팔레놉시스가 이따금 꽃을 주렁주렁
열어줄 때면 그렇게 짜릿할 수 없었다. 워낙 인기가 많고 교배종도
다양해서 개업 선물로 흔히 주고받는 호접란이지만, 원종의 경우
꽃이 화려하지 않아도 아주 향기롭기 때문에 한 번쯤 키워볼
만한 식물이다. 그동안 다육식물을 비롯해 초본, 목본, 관엽 등
정말 다양한 식물을 키우면서 종착역처럼 느껴지는 식물이 두
가지 생겼는데, 바로 난초와 고사리다. 우리보다 훨씬 오래전부터
지구에 터를 잡고 살아와서인지 원초적인 힘이 느껴지는 고사리에
대해서는 앞에서도 이야기한 바 있다. 잎과 줄기의 선이 어떤
식물과 비교해도 으뜸인 난초 또한 묘한 마력이 있다. 가장 진화한
식물이라 불리는 난초는 처음 키울 때는 무척 어렵게 느껴진다.
나도 마찬가지였다. 성장 속도도 느리고 꽃을 피우기 전에는 잎과
오동통한 벌브(난에서 줄기 역할을 하는 부분)만 보여서 화려한
잎을 자랑하는 관엽식물에 비해 당최 그 매력을 느끼기 어려웠다.
심지어 변화하는 계절에 맞춰 빛의 장단과 기온 차를 적절하게

이용해 생육 환경을 맞춰주어야 꽃을 피우는 종류도 있어 키우는 것이 과업처럼 느껴지기도 했다. 또 꽃을 피우는 데 때로는 몇 년의 시간이 걸릴 수도 있기에 그 결실의 순간이 더욱 귀중하게 느껴지는 식물 역시 난초다. 난초의 꽃은 크고 화려한 것, 소박하고 아담한 것, 외계의 식물처럼 낯선 것 등 그 형태가 무척 다양하다. 형태뿐이랴! 초콜릿, 귤, 장미, 사향 심지어는 녹슨 철과 생선의 비린 향까지 세상의 모든 냄새를 간직하기라도 한듯 변화무쌍한 향기도 빼놓을 수 없다. 그래서 오랜 시간을 들여 드디어 꽃을 본 순간의 감동은 이루 말할 수 없을 만큼 소중하다. 그런데 난초의 진정한 아름다움은 꽃이 지고 나서 비로소 드러난다. 꽃을 계기로 난초를 관심 있게 살핀 덕에 이전에는 보이지 않았던 이 식물의 매력적인 형태에 눈을 뜨게 된 것이다. 허공을 향해 곧게 뻗어 올라 여백의 미를 채우듯 솟아오른 잎의 선, 물을 머금고 살이 바짝 오른 벌브와 줄기, 자연스럽게 노출된 하얀 공기뿌리 등 다른 식물에서 보기 드문 난초만의 형태가 보이기 시작한다. 무심하게 바라보던 것들이 풍겨내는 고귀한 매력 덕분에 요즘 한창 '난며드는' 중이다.

　그런데 어떤 식물에 한껏 빠져든 때가 가장 위험한 시기일 수도 있다. 호접란으로 난초에 눈을 뜨고 나니 그 어떤 식물보다 다양한 종으로 가득한 것이 난초의 세계였다. 난초는 무려 700여 속이 있을 정도로 방대한 식물군으로, 속마다 정리된 종류만 따져봐도 그 종류가 엄청나다. 수목한계선을 벗어나지 않는 한 전 세계에 걸쳐 분포한다. 식물에 막 입문하던 시절의 나였다면 당장 선반의 빈 자리를 난초로 빼곡하게 채웠을 것이다. 그러나 지금은 욕심을 부려 내 환경에 맞지 않게 식물을 들이면 어떤 참사가 벌어지는지 알고 있다. 덴드로비움 같은 종류의 난초는 일교차가 있어야 꽃을 피우므로 일정한 온도를 유지하는 내 정원에서는 꽃 보기가 어렵다. 렐리아 중 일부는 고산지대 암벽에 살던 식물로, 강한 햇빛과 시원한 온도가 필요하므로 실내에서 자생지 환경을 재현하기가 쉽지 않다. 당장의 욕심이나 유행에 휘둘리지 말고 내 환경에서 오롯이 피어날 수 있는 식물을 들여야 식물도 행복하고 나도 행복한 정원을 가꿀 수 있다.

들불처럼 번졌다가 한순간에 사그라드는 유행은 식물에도 적용된다. 그런데 그런 열병에도 아랑곳하지 않는 가드닝을 추구하는 사람이 있다. 바로 노가든의 주인장, 솔로몬님이다. 지금은 홍대 근처로 자리를 옮긴 노가든은 원래 통인동 골목의 작은 식물 가게였다. 규모도 크지 않고 꽃시장처럼 식물이 다양한 것도 아니지만 식집사라면 응당 애정을 토로하지 않을 수 없는 가게였다. 노가든은 주인장의 취향과 식물에 대한 철학이 뚜렷하게 드러나는 공간이기 때문이다.

노가든의 상징이라고 할 수 있는 초록색 대문 앞에는
아카시아와 유칼립투스가 반짝이는 햇빛 아래 바람을 즐기고,
천장을 찌를 듯이 거대한 유포르비아와 세네시오, 비스마르크
야자도 수문장처럼 노가든 앞을 지키고 있었다. 문턱을 넘어서면
짙은 초록의 고사리와 다양한 페페로미아가 서 있고, 커다란
필로덴드론이 당당한 자태를 자랑한다. 솔로몬님의 손에서
자라난 식물들은 한눈에 봐도 남다르게 튼튼한 녀석들이었다.
유묘 포트에 심어진 식물이라도 멋진 수형을 자랑했고, 좋아하는
식물을 계절과 날씨에 맞게 큐레이팅해서 많은 식집사들을
사로잡았다. 자신이 좋아하는 식물을 고집하면서 직접 파종하고
땀 흘려 보살핀 흔적이 역력한 노가든의 식물들을 보고 있으면,
식물을 키우는 일에 대한 일관된 애정과 냉철한 판단 능력을 배울
수 있었다.

식집사들의 아쉬움을 뒤로하고 홍대 부근으로 이전한
노가든은 더 넓은 매장에 자리했다. 그만큼 더 새롭고 다양한
종류의 식물을 공격적으로 데려올 법도 하건만, 통인동에서
일군 노가든의 철학이 이 새로운 보금자리에서도 튼튼하게
지켜지고 있다. 겨우내 큐레이팅한 침엽수들 옆으로 봄을 맞은
유칼립투스와 아카시아가 예전처럼 반겨준다. 전보다 넓어진
마당에 뿌리내려서인지 더욱 당당하게 하늘 높이 솟구쳐 오른

듯하다. 매장 내부에는 유행을 넘나드는 종류보다 노가든만의
뚝심이 느껴지는 식물들이 견고하게 늘어서 있다. 녹음이 진
고사리 숲이 피어오르는 사이로 다부지게 자란 유포르비아와 소철
종류들이 무게를 잡고, 립살리스의 가느다란 줄기가 천장에서
초록비를 내린다. 이따금 틸란드시아가 큰 화분에 더부살이하며
수줍게 고개를 빼꼼 내밀고 있다. 유행에 민감한 대학가에 자리
잡았지만 변함없는 이 편안함이 마치 땅에 단단하게 뿌리를 내린
식물처럼 노가든을 지탱해주고 있는 것 같다.

　　빠르게 흘러가는 유행에 따라 수많은 식물이 우리 곁을 스쳐
지나간다. 한눈에 사람들의 눈을 사로잡아 인기를 얻는 식물도
있고, 유행에 발맞춰 하나쯤 키워야 할 것 같은 식물도 있다.
그러나 욕심에 따라 식물을 마구 들이면 막상 내 환경에서는 예뻐
보이지 않는 식물, 안착하지 못하는 식물도 많다. 마음에 드는
식물이 내 환경에서 내가 바랐던 모습으로 크는 것은 정말 어려운
일이다. 선택의 폭이 넓어진 만큼 함께 오래 살 수 있는 식물을
고르는 냉철한 주관이 필요하다. 유행에 휩쓸려 일회성 식물을
들이기보다는 다양한 식물을 경험하면서 내 공간과 성향에 맞는
식물을 찾는 눈을 길러야 한다. 늘 변함없는 모습으로 오래오래
식물과 함께하고 있는 노가든에서 그러한 지혜를 배운다.

식태기를 예방하는 정원 구성법

식물을 들이는 데 적어도 원칙이 있어야 한다. 수많은 식물 중 어떤 식물이 내 마음에 쏙 들어올지도 중요하지만, 먼저 내 환경에서 자랄 수 있는 식물 종류를 파악해야 한다. 내 정원에 해는 얼만큼 드는지, 얼마나 자주 물을 줄 수 있는지 등 정원 환경과 내 관리 패턴에 맞는 식물을 추려내는 것이 우선이다.

그다음은 어디서 키울지를 구체적으로 고민해보자. 내 경우 침실 창문을 중심으로 왼쪽은 오후 늦은 시간에만 햇볕이 살짝 들기 때문에 주로 반그늘 식물을 배치한다. 바람이 지나는 길목도 아니어서 습도를 유지하기 쉬워 촉촉한 공기를 좋아하는 고사리류, 칼라데아와 페페로미아 같은 지피식물(지표면을 낮게 덮으며 자라는 식물), 은은한 빛을 즐기는 열대 관엽류를 키우고 있다. 반면 오른쪽은 오후에 햇빛이 오래 강하게 내리쬐기 때문에 햇빛을 좋아하는 다육식물과 선인장, 제라늄, 야생화 등을 두었다.

햇빛이나 습도와 같은 환경만 고려해서 식물을 배치하는 것은 아니다. 미감을 고려해서 오랫동안 아끼며 돌보고 싶은 조화로운 정원의 형태를 찾는 것이 중요하다. 앞서 추려낸 식물들이 어떻게 변화하며 자라는지 이해하고 다양한 화기花器를 이용해 식물의 매력을 돋보이게 하는 방법을 익히면 개성 있는 정원의 모습을 갖추는 데 큰 도움이 된다. 이때 자신이 어떤 외형의 식물을 좋아하는지 아는 것도 유행하는 식물에 휩쓸리지 않고 오래 함께 할 수 있는 식물을 찾는 데 중요하다.

식물의 외형적 특징으로 적합한 생장 환경을 짐작할 수도 있다. 잎이 오동통하다면 물을 자주 주지 않아도 된다. 반대로 고사리처럼 잎이 얇으면 물을 빨리 소모하고 물을 좋아하며, 야생화처럼 잎이 작고 가느다랗다면 햇빛을 많이 필요로 할 수 있다. 잎이 큰 관엽식물의 경우 햇빛이 많이 들지 않는 반그늘에 가까운 환경에서도 자랄 수 있는 식물이 많기 때문에 다양한 실내 환경에서 키울 수 있다.

나는 잎이 길고 식물이 흘러내리는 선을 즐길 수 있는 식물을 좋아해서, 주로 선반이나 책상 높은 곳에 밑으로 잎을 늘어뜨리는 식물을 키운다. 내 아디안툼 고사리는 책상 위에서 유려한 곡선을 드러내고 있

는데, 작은 유묘 화분부터 키워온 것이다. 아디안툼은 근경을 통해 자라는 포복성 식물로, 성장속도가 빠르고 사방으로 뻗어 나가기 때문에 잎을 선반 밖으로 쏟아내도록 수형을 유도했다. 오후 햇빛이 들면서 고사리 잎으로 듬성듬성 그늘이 진 자리에는 작은 식물을 배치해 풍성함을 연출했다. 고사리 위의 선반에는 햇빛이 비스듬히 내려 은은하게 머물기 때문에 햇빛을 좋아하는 식물을 잎을 밑으로 내려 키웠고, 잎을 비집고 들어서는 그늘을 보호막 삼아 호접란도 곁들여 키우고 있다. 잎을 늘어뜨린 선의 매력을 볼 수 있도록 수직적인 정원을 디자인했으며, 여러 식물을 다채롭게 무리지어 배치함으로써 자연스러운 숲의 모양을 본뜨려 노력했다. 이를 위해 빛이 드는 정도와 시간, 식물이 자라는 모양을 충분히 고려했다. 같은 조건의 공간이라 해도 어떤 식물로 연출하는지에 따라 달라질 수 있으므로, 내가 좋아하면서 가꿔나갈 수 있는 정원의 형태를 찾고자 노력해야 식집사도 식물도 행복한 가드닝을 즐길 수 있다.

° 지금도 사라지고 있는 것들에 대하여

수백 종의 식물이 자라는 내 정원에서 가장 좋아하는
식물을 꼽으라면, 나는 자랑스럽게 필로덴드론 글로리오숨을
꼽겠다. 화분 하나를 넣는 데도 며칠을 고민할 만큼 자리가 부족한
플랜트 맥시멀리스트의 정원에서 여러 개체를 키우고 있는 몇 안
되는 식물이다. 글로리오숨은 작으면 작은 대로 귀엽고 크면 큰
대로 웅장한 자태가 어떤 공간에서든 잘 녹아들면서도 존재감을
드러내기 때문이다. 짙은 초록색 잎과 대비되는 하얀색 줄무늬가
아름다운 이 필로덴드론은 높이가 낮은 화기에 담아 키우면
고급스러운 느낌을 자아낸다. 가드닝을 시작할 때부터 키워온
친구 같은 식물로, 내 정원의 터줏대감이다.
　　그런데 필로덴드론 글로리오숨이 자생지인 콜롬비아에서는
위기에 처한 식물이라고 한다. 2019년 세계자연보전연맹IUCN이
발표한 바에 따르면 가축 방목, 벌목, 농업 시설 등에 의한 삼림
파괴로 글로리오숨이 살아갈 터전이 사라지고 있다고 한다.
얼마나 피해가 심각한지 위성사진으로도 자생지가 파괴된 흔적을
확인할 수 있을 정도며, 콜롬비아, 베네수엘라, 에콰도르에 위치한
자생지는 다른 지역에 비해 사람의 영향으로 삼림이 가장 많이

훼손된 지역이라고 한다.

글로리오숨뿐 아니라 세계 식물 시장에 유통되는 많은
식물이 자생지에서 자취를 감추고 있는 경우가 많다. 생태계
변화도 있지만 인간의 환경 파괴가 큰몫을 하는 경우가
대부분이다. 광범위한 지역에 서식하는 종보다 한 장소에
밀집하여 서식하는 식물들의 상황이 더 심각한데, 꽃시장이나
동네 식물 가게에서도 쉽게 볼 수 있는 립살리스가 대표적인
예다. 립살리스 바키페라를 제외한 절대다수의 립살리스가
남아메리카에만 서식하는데, 종류에 따라 군데군데 협소하게
자생하며 위험한 상태에 처해 있다. 특히 립살리스 라이스라고도
불리는 립살리스 메셈브리안테모이데스는 도시화로 인해 숲에서
자취를 감춘 것으로 추정되며 도심 속 공원의 나무에 붙어 자라는
개체만 기록되어 있다고 한다. 메셈브리안테모이데스처럼 간신히
버틴 식물도 있지만 아예 자취를 감출 뻔한 식물도 있다. 다육식물
시장에서 흔히 볼 수 있는 유포르비아 오베사는 남아프리카
케이프 지역에서만 서식하는 식물로, 흔히 '야구공 다육이'라고도
부른다. 야생 개체만을 고집하는 수요에 따라 사람들이
무분별하게 채취한 까닭에 오베사는 지구상에서 사라질 뻔했지만
다행히 지역적 그리고 국제적 노력으로 오베사는 멸종의 운명에서
벗어났다.

그나마 다행인 것은 식물이 법적으로 보호받을 수 있는
장치가 마련되어 있다는 것이다. 사이테스CITES는 국제 거래로
인해 멸종될 수 있는 위기에 처한 동식물을 보호하기 위해 만든
국제 협약으로, 많은 난초, 선인장, 다육식물, 초본류 등 다양한
식물이 사이테스에 의해 보호되고 있다. 또한 조직 배양 기술의
발달로 야생 개체에 눈독을 들이는 사람들이 줄어들기도 하고,
자생지에서 사라진 종을 복원하는 데 배양 개체가 사용되기도
한다. 그러나 희망이 있다고 해서 방심해서는 안 된다. 여전히
인간의 환경 파괴와 탐욕으로 위험에 처한 식물들의 고군분투가
이어지고 있으니 말이다.

언젠가 외국의 SNS 계정에서 천남성과 식물에 대한
관심이 급증하여 동남아시아에 서식하는 야생 알로카시아들이
무분별하게 채취되고 있다는 안타까운 소식을 들은 적이 있다.
먼 나라 이야기처럼 들릴 수 있을지 모르겠으나, 당장 관심을
갖지 않는다면 지금은 흔한 식물이 곧 식물도감에서만 볼 수 있는
희귀식물이 될지도 모른다. 멸종되진 않았지만 자생지에서 터전을
잃어가는, 하지만 아이러니하게도 식물 시장에서는 흔히 볼 수
있는 식물이 그런 위기에 처해 있다. 식물과 함께하며 그들을
알아갈수록, 식물을 보호해야 한다는 마음도 함께 더 커질 수밖에
없는 이유다.

5장

°

정원사의 기쁨과 슬픔

° 그 많던 립살리스는 어디로 갔을까?

늦은 오후, 침실 정원에 햇볕이 쏟아지면 유달리 귀엽게
반짝이는 식물이 있다. 작고 동그란 잎을 팔방으로 펼치며 자라는
필레아 페페로미오이데스다. 흔히 '필레아페페'라고 불리는 이
식물은 후추과 식물인 페페로미아와는 전혀 다른 식물이다. 중국
윈난성 지방에서 자생하는 식물로, 따뜻하면서 촉촉한 공기를
좋아한다. 동그란 연두색 잎이 빼곡히 자라난 모습이 사랑스러워
인기가 많으며, 몇 년 사이에 인테리어 소품이나 선물용으로
각광받고 있다. 식물 블로그를 막 열었을 무렵 알게 된 이웃님이
선물해준 작은 필레아페페는 어느덧 4년 넘게 함께한 반려식물이
되었다. 지금은 동네 식물 가게에서도 흔히 볼 수 있지만,
처음 유행할 무렵에는 귀한 대접을 받으며 고가로 거래되었던
식물이다. 산세베리아에 버금갈 정도로 생명력이 강하고 번식까지
잘되기 때문에 고가로 거래된 것이 의아하지만, 식물 시장에 처음
유통될 때에는 가격이 무척 부담스러울 정도였다. 물론 최근
식테크로 유명해진 식물들 가격에는 못 미치지만 말이다.
　　2018년 본격적으로 식물을 키우기 시작할 무렵 식물 시장에
변화의 전조가 나타났다. 원래 식물 트렌드를 파악하기 좋은

곳은 화훼단지나 꽃시장이었는데, 점점 식물 그 자체로 소통하는
사람이 늘어나고 SNS가 활발해지면서 이를 중심으로 그동안
접하기 어려운 식물들이 널리 알려지기 시작했다. 그러다 보니
더 새롭고 더 매력적인 식물들이 경쟁적으로 등장하기 시작했고,
칼라데아 오르비폴리아나 바로크 고무나무처럼 독특하고
화려한 식물이 유행하는 흐름이 생겨났다. 그러다 해외에서 소수
마니아들이 수집하는 이색식물이 희귀식물이라 불리며 주목받기
시작했는데 주로 무늬 종류와 천남성과 식물이었다. 갑작스럽게
등장한 희귀식물은 식물 애호가들의 마음을 사로잡았고, 해외에서
달아오른 열기는 곧 SNS를 타고 우리나라에도 전해졌다. 식물이
매력적이어서든 분위기에 휩쓸려서든 모두가 당연한 듯 같은
식물을 원하는, 이상한 열풍이 불기 시작한 것이다.

　　필로덴드론 핑크 프린세스는 자연에서 나온 개체가
아닌 사람이 개량한 품종인데, 특이하게도 잎에서 분홍색
무늬가 발현된다. 짙은 초록색 잎에 분홍색이 섞여 있는 모습이
이색적이고 아름다우며 최근 과열된 식물 트렌드의 신호탄이
된 식물이기도 하다. 화려하고 특이한 식물이 주목받던 시기,
핑크 프린세스는 세계적으로 큰 반향을 불러일으켰다. 이러한
유행은 필로덴드론처럼 천남성과 식물인 몬스테라, 안스리움,
알로카시아, 칼라디움 등에 대한 관심으로 이어졌고, 이후

식물 시장에 희귀성과 희소성에 초점을 맞춘 식물들이 나타나
어마어마한 가격을 형성하기 시작했다.

　그런데 핑크 프린세스는 유행을 타기 전부터 사실
구하기 어렵지 않은 식물이었다. 단 사람들이 찾지 않는 비운의
식물이었을 뿐이다. 그러다가 SNS에 앞다투어 핑크 프린세스가
공유되자 공급량이 부족해져 가격이 치솟기 시작했다. 쉽게 구할
수 있던 식물이 갑자기 유행을 타고 희귀식물로 불리는 것을
보면서 유행이 얼마나 아이러니한 것인지 알 수 있었다.

　핑크 프린세스가 주목받지 못한 식물에서 갑자기
재조명받은 식물로 탈바꿈한 경우라면, 사회적 이슈나 변화에
따라 식물 유행이 달라지는 경우도 있다. 과거 우리나라에서는
관상용 실내 식물이 유행하면서 여인초, 고무나무, 몬스테라가
각광받기도 했고, 미세먼지가 이슈로 떠올랐을 때는 공기정화
식물이 큰 인기를 얻었다. 최근 몇 년간은 SNS를 멋지게 장식할
수 있는 천남성과 식물과 키우기 쉬운 입문용 식물이 공기정화
식물들을 밀어냈다. 한때 행잉식물이 유행할 때 그렇게나 많이
유통되던 다양한 종류의 립살리스가 무관심 속에서 시장에서
자취를 감춘 것도 이러한 트렌드의 변화로 나타난 결과다.

　식물을 들이는 것은 반려동물을 들이는 것과 마찬가지로
성실함과 책임감은 물론 큰 에너지가 필요한 일이다. 그러나

코로나 이후 더 많아진 식물 인구와 더불어 발 빠르게 변화하는
식물 트렌드 때문에 반짝하고 등장했다 사라지는 식물들이 눈에
띈다. 내 식물 취향을 확실히 알고 유행에 휘둘리지 않으면서
책임질 수 있는 만큼만 식물을 들이는 것이 식물을 존중하는
가드닝일 것이다. 느긋함과 여유를 즐기게 해주는 식물처럼,
식물과 교감하며 차근차근 다채롭고 건강한 정원을 가꿔나갈
필요가 있다.

° 식테크 버블

처음 정원을 구상할 때 꼭 키우고 싶은 식물 부동의 1위는
몬스테라였다. 거대하고 나풀거리는 몬스테라의 자태에 마음을
쏙 빼앗겼다. 테두리를 따라 길게 찢어진 신기한 모양에 잎의
주맥(잎 한가운데 있는 잎맥)을 따라 송송 난 구멍은 진정 이 세상
식물인가 싶은 묘한 매력을 풍겼다. 내가 꿈꿔왔던 몬스테라는
수많은 종류 중 델리시오사였고, 구체적으로는 화가이자
열정적인 식집사이기도 했던 앙리 마티스의 몬스테라처럼
거대한 수형이었으면 좋겠다고 생각했다. 그러다 우연히 단골
식물 가게에서 꿈에 그리던 모습의 몬스테라를 마주쳤을 때의
그 짜릿함이란! 첫눈에 반한다는 것이 이런 느낌일까? 그때의
떨림은 지금도 잊지 못한다. 수제 토분에 귀하게 심어진 자태가 내
침실에도 안성맞춤인 모습이었다. 행여 상처라도 날까 조심스럽게
실어와 몬스테라를 위해 비워둔 침대 옆 자리에 두고 하루에도
몇 번이나 인사하고 정성스럽게 보살폈다. 그러자 돌돌 말린 잎이
올라왔다. 많은 식집사들이 갈망하는 '찢잎(찢어진 듯 구멍이 난
잎)'이 펼쳐지기를 고대하며 하루하루 설레는 마음으로 기다렸다.
　그렇게 몬스테라와 함께 행복하게 지내던 2018년의 어느

날, 갑자기 식물 시장을 뒤흔든 몬스테라가 등장했다. 당시 곧잘
볼 수 있었던 무늬 몬스테라 타이 컨스텔레이션과 달리 잎 전체에
하얗게 눈이 내린 듯한 무늬를 가진 몬스테라 알보였다. 등장부터
가격이 심상치 않았는데, 핑크 프린세스 유행 때 무늬가 있는
식물의 가격이 폭등한 것에 힘입어 몬스테라 알보의 가격도
덩달아 치솟았다. 처음부터 수십만 원이나 해 결코 저렴하지
않았던 식물이 몇 주도 지나지 않아 수백만 원을 기록할 정도로
가격이 뛰었다.

　　몬스테라 알보는 핑크 프린세스의 경우와는 완전히 달랐다.

몬스테라 알보는 조직 배양으로 키우기 어려운 변종이었고
수입도 만만치 않았다. 게다가 세계적으로 주목을 받고 있어
공급이 수요를 전혀 따라가지 못했다. 그러다 보니 온라인 식물
시장에서는 씨앗 사기로 유명해지기도 했다. 일부 마니아 층에서
선호하는 식물들과 달리 키우기 까다롭지 않으면서 번식해
판매하면 부업처럼 돈을 벌 수 있어 단시간에 식물 재테크
수단으로 부상했다. 그야말로 식테크의 대명사가 된 것이다.
　　몬스테라 알보와 비슷한 시기에 주목을 받은 다른
식물이 있다. 아직도 논란이 많은 필로덴드론 핑크 콩고다. 핑크
프린세스가 주목받고 몬스테라 알보의 가격도 치솟으면서 당시
유행하던 다른 필로덴드론, 특히 국내에 많이 들어오지 않았지만
일부 마니아들 사이에서 큰 인기를 얻은 필로덴드론의 가격이
오르기 시작했다. 희귀한 필로덴드론이 수집욕을 자극하던
와중에 혜성같이 등장한 것이 바로 이 핑크 콩고였다. 그러나
몬스테라 알보와 달리 단숨에 인기와 가격이 바닥을 치며 식물
시장에서 쫓겨나듯 사라졌다. 핑크 콩고는 핑크 프린세스와
달리 자라면서 분홍색 잎이 전부 사라지고 초록색 잎만 남으며
필로덴드론 콩고와 외양이 비슷해지는 식물이었기 때문이다.
처음에는 '핑크'라는 이름이 붙어 높은 가격에 거래됐으나 결국
분홍색이 사라진다는 것이 알려지자 국내외 구매자들이 '이건

사기다', '가짜다' 하며 분노를 터뜨렸다. 혹자는 핑크 콩고가 약품 처리로 일정 기간 동안 분홍색 잎이 나오도록 만든 식물이라고도 하지만 정확히 밝혀진 바는 없다. 한편 핑크 콩고와 유사한 사례로 필로덴드론 플로리다 고스트는 하얀색 잎으로 돋아난 새잎이 자라면서 초록색으로 변하는 식물인데, 핑크 콩고와 달리 하얀색 잎이 꾸준히 돋아난다. 플로리다 고스트의 이러한 특징은 핑크 콩고와 같은 불만 사태로 이어지지는 않았다.

갑작스러운 식테크 열기로 키우던 식물의 가격이 순식간에 몇 배, 몇십 배로 폭등하는 것을 보며 놀라는 일이 종종 있다. 녹색 암호화폐라고도 불리던 몬스테라 알보의 가격은 다행히 요즘 많이 내려갔고, 가격이 폭등했던 다른 식물들도 대부분 가격이 안정되었다. 휘몰아치는 유행과 가격의 고공행진을 보면 그에 편승하지 않는 소비를 해야겠다는 책임감이 생기는 동시에 식물을 재테크 상품이 아닌 생명으로 대해야겠다고 다짐하게 된다. 식물을 재테크 수단으로만 여기는 것은 분명 안타까운 일이다. 하지만 식테크를 계기로 식물에 관심을 갖게 되어 정원 가꾸는 재미에 푹 빠지는 사람도 있다. 유행을 계기로 더 많은 식물이 국내에 소개되기도 하고 주목받지 못했던 식물이 재조명되기도 한다. 식물을 보살피는 데 재미를 붙인 사람이 많아져 함께 키우는 식물도 많아졌다. 식테크와 식물 트렌드에도 빛과 그림자가 있지만, 그저 어느 때보다 커진 식물 공동체가 '식물로 돈 버는 법'보다는 '함께 즐겁게 식물 키우는 문화'를 더 많이 고민했으면 좋겠다.

◦ 모든 식물은 평등하다

한바탕 태풍이 지나가고 추분을 넘어서니 햇빛이 점점 짧아져 아쉽지만, 하루아침에 선선해진 날씨는 반갑기만 하다. 어제가 여름이고 오늘이 가을인 것처럼 날씨가 휙휙 변하더니 밤은 제법 겨울 같기도 하다. 아이스 아메리카노 대신 따뜻한 카페 라테를 마시고 겨울 셔츠를 옷장 속에서 꺼낼 시기다.

여름에는 물 주는 날이 괴로웠다. 특히 올여름은 식물에게 혹독했다. 집 인테리어 공사가 기약 없이 길어져 갈증에 시달리는 식물이 많았는데, 제때 물을 챙겨줄 수 없어 많은 초록이들이 내 곁을 떠났다. 식물의 면역력이 약해진 틈을 노린 총채벌레와 응애 같은 해충이 걷잡을 수 없이 번식했다. 속절없이 떠나보낸 식물도, 몇 주 동안 사투를 벌인 끝에 결국 지켜내지 못한 식물도 있었다.

반강제적 식물 다이어트로 곳곳에 빈자리가 생긴 정원의 모습은 처참했다. 인테리어 공사는 끝났지만, 해충은 아직 가시지 않았고 정원도 내 방도 어수선했다. 침실 정원을 대대적으로 정비해야겠다는 생각이 들었다. 우선 가구와 식물 배치를 바꾸고, 정글처럼 우거진 수형도 다듬었다. 가구 뒤편의 묵은 때와 잎사귀에 내려앉은 먼지를 닦으며 여름의 혹독함을 씻어냈다.

그 결과 전보다 넓어진 공간과 달라진 정원 풍경 그리고 어느덧
찾아온 가을까지 새로운 마음으로 시작하기에 모든 게 완벽했다.
문득 내게 필요했던 것은 비워내는 시간이었을지도 모른다는
생각이 들었다. 지난날의 욕심을 덜어내고 식물 하나하나와
충분히 교감할 수 있는 정원을 다시금 꾸려나가야겠다는 목표가
생겼다. 물 주기가 즐거워지고 정원 가꾸는 기쁨이 더욱 커졌다.

    그렇게 정원에 물을 주며 '풀멍'을 하고 있으니, 늦은 오후의
햇빛이 깊숙이 들어온다. 신선한 공기와 포근한 햇빛이 스며들어
정원 속 살아 있는 모든 것이 빛나는 순간이다. 화분을 나르고
물시중하며 흘린 땀을 식히며 침대에 누워 촉촉한 공기와 숲의
향기를 느껴본다. 내가 제일 애정하는 시간이자 식물의 푸르름에
온전히 기대어 재충전하는 시간이다. 요즘은 식물을 위해
가습기를 들였는데, 식물과 가습기가 만들어내는 적당한 습도가
늘 나를 힘겹게 했던 비염의 고단함을 달래준다. 내가 보살펴준
만큼 식물도 나를 보살펴주고 있음을 느낀다. 지금껏 나를
보살펴준 식물들을 떠올려보게 된다. 지극히 평범하고 고전적인
식물들이다. 고무나무, 스파티필름, 페페로미아, 스킨답서스,
극락조 등 누군가에겐 흔둥이지만 나에겐 모두 소중하고 감사한
귀둥이들이다.

    요즘 식물 트렌드는 희소성이 높은 식물을 따라가는 것

같다. 남들이 잘 키우지 않는, 그러면서도 독특하고 이색적인
외형을 가졌거나 구하기 어려워 소유욕을 불러일으키는 종류의
것들이다. 그러나 희소성이 높다는 말은 어딘가 이상하다. 한때
흔히 구할 수 있었으나 유행 때문에 희소해진 식물도 있고,
자생지에서는 지극히 평범한 식물이지만 다른 곳에서는 구하기
어려워 희소해진 경우도 있다. 몇 년 사이 희귀식물이라고 불렸던
식물 중 대부분은 지금 인기가 떨어져 쉽게 구할 수 있게 되었으니
희소성이라는 말은 공기정화식물처럼 말장난에 불과한 듯싶다.

그래서인지 내 정원에서 오래 함께하고 있는 식물들을
보고 있으면 내게 초심으로 돌아가라고 속삭이는 것 같다. 처음
드라세나를 데려왔을 때는 이것 하나로도 너무 만족스러웠다.
곧은 목대에서 우아하게 퍼지는 기다란 잎에 빛이 내린 모습이
참 아름다웠다. 해가 제일 잘 드는 곳을 찾아주고 좋은 토분을
입혀주려고 왕복 세 시간을 오가기도 했다. 이렇게 식물에게
정성을 다할 때면 내 마음에도 따뜻한 볕이 들었고 물을 줄
때면 마음도 사랑으로 채워졌다. 식물을 사랑할수록 마음이
넉넉해졌고, 식물은 그렇게 나를 더 인간답고 행복하게 해주었다.

정원을 바라보고 있으면 울창한 무질서 속에도 시간과
계절에 따라 서로가 서로를 돋보이게 해주는 식물의 조화로움이
보인다. 난초가 돋보이는 건 행잉식물들의 줄기 사이를 비집고

나온 고아한 모습 덕이고, 창가의 다육식물이 빛나는 것은
단정하고 기하학적인 자태와 화려하고 푸르른 잎의 대비 덕이다.
식물 하나하나를 들여다보면 어느 하나 못난 게 없다. 희귀하든
희귀하지 않든 말이다. 서로가 있어 더 매력적으로 살아 숨 쉬는
존재가 식물이고, 모든 식물은 평등하다. 희소성이나 가격으로
매겨지는 식물 계급에 얽매이지 않을 때 식물의 세계는 더욱 넓고
풍요롭게 다가온다.

　새로 단장한 정원에 누워 있으니 반려견 망고와 맥스가
다가와 내 옆에 자리를 잡는다. 녀석들도 방이 쾌적해진 걸 느낀
걸까. 가벼운 가을 공기가 쉬어가는 침실의 푸르름 속에서 내
식물도, 식물에 대한 내 사랑도 무르익어간다. 추분이 지났으니
달이 오래 머무를 터. 이제 겨울 가드닝을 위한 만반의 준비를 할
때가 오나 보다.

° 식물을 키우는 책임감

코로나 이후 30~40대를 중심으로 플랜테리어가
유행하면서 반려동물 못지않게 식물을 키우는 사람도 늘어났다.
식물 이웃들의 나이대가 점점 젊어지는 것이 피부로 느껴질
정도다. 집콕 생활에 알맞은 취미인 데다 인테리어에 대한 관심이
높아지면서 식물도 다시 유행하게 된 것이다. 다만 기존의 동네
식물 가게에서 오랫동안 팔리던 식물에게는 '부모님 식물'이라는
이미지가 생겼고, 이와 반대로 젊은 층을 노린 식물 가게들은
요즘 유행하는 식물들로 발빠르게 채워졌다. 인테리어와 관련된
플랫폼에서도 식물을 잘 활용한 사람들의 공간을 보여주는
플랜테리어를 제안하는 한편, 이와 관련된 가구와 소품을
판매하여 소비자를 자극하고 있다. 트렌드에 예민한 광고에도
플랜테리어가 빠지지 않는 것을 보면 식물은 지금 트렌드의
중심에 있다.

요즘 SNS에서도 식물이 빼곡한 실내 공간을 쉽게 볼
수 있다. 몬스테라와 고사리 들로 싱그럽게 채워진 베란다,
선인장들이 울창하게 자란 거실, 강렬한 원색의 제라늄이 만발한
창가. SNS 피드를 장식한 전 세계 사람들의 화려한 식물 공간을

구경하다 보면 식물에 대한 책임감과 식물을 키우는 노동은
모른 채 막연히 SNS 속 식물 공간을 동경하기 십상이다. 그렇게
만들어진 위시리스트에는 감당하지도 못할 식물들로 인한
부작용이 뒤따른다.

　내 창고에도 잠들어 있는 물건들이 한가득이다. 해외에서
사왔거나 편집숍에서 예쁘다고 사온 물건이 대부분이다. 예쁜
카페처럼 방을 꾸미고 싶었던 욕망이 남긴 것들이다. 그나마
소품은 언젠가 다시 사용할 수 있겠지만 식물은 그렇지 않다.
식물은 생명이기에 필요한 만큼의 햇빛과 물이 없으면 천천히
메말라간다. 관리를 소홀히 하면 벌레마저 찾아올 것이다. 식물은
내 환경이 허락하는 만큼, 내가 쏟을 수 있는 정성만큼만 키우는
게 좋다. 그래서 장식용 소품으로 식물을 데려오는 것을 보면
걱정스럽고, 그런 의미를 전제로 만들어진 플랜테리어란 단어가
곱게 보이지만은 않는다. 다만 이 단어만큼 정확하게 장르를
아우르는 말이 없어서 사용하게 되지만, 식물을 인테리어 장식용
소품으로 보기보다는 공간을 공유하며 생활하는 생명으로
인식하는 사람들이 늘어나기를 소망하고 있다.

　식물을 키우는 데에는 생각보다 많은 인내심과 체력이
필요하다. 한 달에 한두 번 물 주고 햇빛을 받게 한다고 저절로
자라지 않는다. 양분을 얻을 수 있도록 흙과 화분을 주기적으로

갈아주고 때때로 벌레와 마주할 용기도 필요하다. 잎에 쌓이는
생활 먼지와 흙먼지도 주기적으로 닦아주어야 하고 가지도
정리해주어야 한다. 손이 건조해지고 손톱에는 흙 때가 끼고 땀을
뻘뻘 흘리며 힘을 써야 할 때도 있다. 가드닝은 언뜻 정적으로
보이는 취미지만 사실 무척 동적인 일이다. 아름다운 정원이라는
우아한 일면 뒤에는 반드시 가드너가 흘린 땀방울이 있다.

　　언젠가 산책하다 어느 가게 앞에서 햇빛 샤워 중인 금전수를
본 적이 있다. 가을볕을 한껏 받으며 멋진 잎을 뽐내고 있는
모습이 참 사랑스러웠다. 그런데 겨울이 되자 금천수는 냉해를
입었는지 멍든 것처럼 검푸른 색으로 주저앉아 있었다. 이듬해
봄, 가게 앞에는 빈 화분만이 덩그러니 남아 있었다. 길을 걷다
보면 화단이나 길가에 이처럼 뿌리가 뽑힌 채 버려진 식물들을
허다하게 볼 수 있다. 식물을 키우기 시작하면서 나는 이 죽어가는
식물들을 무심히 지나칠 수 없게 되었다. 버려진 식물을 데려와
함께 사는 일도 종종 있다. 작은 몸집이지만 햇빛을 받으며 다시
싱그러운 생명력을 내뿜는 식물을 보면 그렇게 귀여울 수 없다.

　　식물이 한두 개라면 몰라도 나처럼 수백 개의 식물을
키우면 농사처럼 느껴질 정도로 고된 노동이 된다. 그만한 고생을
감수하면서까지 식물을 키우는 이유는 차고 넘치지만, 무엇보다
식물로 인해 행복해지기 때문이다. 어제만 해도 보이지 않던

꽃이 아침에 활짝 피어 나를 반겨줄 때의 행복, 내 노력에 답하듯
건강하게 자라는 식물의 모습이 자연의 선물을 받은 듯 감사하다.
정원을 가꾸는 생활을 사진과 소소한 기록으로 남기는 일도
즐겁다. 무엇보다도, 식물과 교감하는 생활은 나 자신이 살아
있음을 만끽하는, 가장 효과적인 방법이다.

처서가 지나 더위가 물러간 지금, 내 정원은 올해도
어김없이 새로운 아름다움이 흘러넘친다. 조금이라도 더 바삐
움직여 이 소중한 계절을 기꺼이 맞이하고 싶다.

° 일상에 스며든 그들의 지혜

내 정원의 터줏대감 몬스테라 델리시오사는 자라면서
잎사귀가 찢어지고 주맥과 측맥을 따라 구멍이 송송 나는 독특한
식물이다. 워낙 잎 모양이 기괴해 벌레 먹은 식물로 오해받기도
하지만, 델리시오사가 사랑받은 이유는 바로 특유의 잎 모양
때문이다. 델리시오사를 키워본 사람이라면 잎에 처음으로 난
구멍을 볼 때의 설렘과 짜릿함을 알 것이다. 델리시오사는 유묘일
때는 구멍이 전혀 없다가 잎이 점점 커지면서 찢어지고, 이어서
중심부부터 여러 개의 구멍이 생기는, 참으로 신기한 식물이다.
자연에서는 동물이나 곤충 등 외부의 영향으로 온전한 잎을
유지하는 것도 어려울 텐데, 델리시오사는 나이가 들수록 잎을
더욱 깊게 찢어낸다. 델리시오사가 생존에 불리해 보이는 외형을
가진 이유는 무엇일까?
　　몬스테라 델리시오사는 멕시코 남부 지역부터
과테말라까지 분포한 식물이다. 이 지역은 산악지대와 열대우림이
발달한 곳으로, 생물 다양성의 보고로 불릴 만큼 수많은
동식물이 살고 있는 곳이다. 열대우림이 울창하게 발달하는 만큼,
델리시오사는 햇빛을 받기 위해 주변 식물보다 높고 크게 자라야

했을 것이다. 델리시오사는 줄기에 기다랗고 단단한 뿌리가
발달하는데, 이를 공기뿌리라고 한다. 공기뿌리는 델리시오사가
주변 나무에 줄기를 내려 나무를 타고 올라갈 수 있게 도와준다.
나무를 타고 올라 쑥쑥 자란 델리시오사는 잎을 찢고 구멍을
내는데, 이러한 현상의 정확한 이유는 밝혀지지 않았다. 높은
곳까지 자라며 바람의 영향을 덜 받기 위해서 잎을 찢는다는 설도,
상층부가 햇빛을 받음과 동시에 하층부에도 구멍을 통해 햇빛을
전달하기 위함이라는 설도 있다. 어느 쪽이든 델리시오사는
주어진 환경에 유연하게 대처하여 생존에 유리한 방향으로
변화해온 것이다.

  생존 경쟁이 치열한 열대우림 환경에 의연하게 대처하는
델리시오사와 달리, 나는 상황을 통제하지 못하면 불안해하는
사람이다. 철저하게 시간 계획을 세워 생활하고, 어쩔 수 없이
계획이 틀어지면 안절부절못하곤 했다. 예기치 못한 일들이
두려워 어떤 일을 시작하기 전 늘 최악의 상황을 가정했고,
실패할지 모른다는 초조함과 함께 살아왔다. 그런 나에게
델리시오사는 묵묵한 버팀목처럼 마음의 안정감을 가져다주는
식물이다. 널따란 평원에 살다가 비좁은 화분에 들어왔음에도
단단하게 뿌리 내리고 쑥쑥 자라는 델리시오사. 열대우림보다
빛이 부족한 실내 악조건 속에서도 잎을 찢어 내는 델리시오사.

처음 화분에 뿌리내리고 잎을 틔운 내 델리시오사는 지금처럼
열악한 환경에 놓일지 알고 있었을까? 혹시 잘못될까
불안해하며 최악의 상황만 상정한다면 앞으로 나아갈 수 없다.
햇빛이 부족하고 땅이 비좁더라도, 혹은 예상치 못한 고난이
찾아오더라도 지금 내가 실천할 수 있는 최선을 찾아 헤쳐 나가야
하는 것이다. 시간이 지나고 보면 내 걱정들은 대부분 기우였다.
빛이 부족하자 잎을 변화시켜 지혜롭게 해결해온 델리시오사의
씩씩하고도 묵묵한 모습이 늘 내게 깨달음을 준다.

　　식물을 키우다 보면 식물이 빨리 자라길 바랄 때가 많다.
멋지게 찢어진 잎이 보고 싶다든지, 별처럼 반짝반짝 피어난
호야 꽃을 보고 싶다든지 하는 식으로 말이다. 누구나 식물을
데려오기 전 상상했던, 이상적으로 자란 모습을 꿈꿀 것이다.
잘 보살피기만 한다면 시간이 꿈을 이뤄주겠지만, 조금이라도
빨리 결과물을 마주하고 싶은 마음에 잘 키운 사람으로부터 생육
방법을 전수받기도 한다. 내게 그런 조바심을 느끼게 하는 식물이
바로 난초다. 괴근, 다육이, 선인장 등이 대표적으로 느리게 자라는
식물인데 난초 역시 이들 못지않게 여유롭게 자란다. 적절한
일교차와 햇빛이 없으면 꽃을 피울 수 없는 종류들도 있기 때문에
1년 농사를 제대로 지어야만 결실을 맺을 수 있는 식물이기도

하다. 그래서 난초 키우는 일은 기약 없는 기다림의 연속이라고
말해도 틀리지 않다.

　　좀처럼 난초에 꽃이 피지 않아 궁금한 것도 물어보고 난꽃도
구경할 겸 이원난농원에 갔을 때였다. 40년 넘게 난초를 연구해온
난원답게 초겨울의 이원난농원은 다양한 난꽃으로 가득했다.
대체 왜 내 난초는 꽃이 피지 않을까 속상해서 난원에 계신
선생님께 물어봤다. 어떤 방법을 들려주실지 귀를 쫑긋 세우고
있는데, 의외의 답을 듣게 되었다. "이론적인 지식을 바탕으로
키우는 것도 맞지만, 식물은 결국 마음이에요. 우리 난원에서도
뿌리가 적고 상태가 좋지 않은 난초가 오히려 화려하고 예쁜 꽃을
피우기도 하지요." 생각해보니 다른 식물들도 그랬다. 햇빛이
부족하다고 생각했는데 화사한 꽃을 피워주는 식물도, 최적의
상태를 맞췄다고 생각했는데 좀처럼 자라지 않는 식물도 있었다.
내가 식물에 정성을 쏟을 수는 있겠지만, 자라는 것은 결국 식물의
몫이다. 같은 종이더라도 식물마다 특성이 다르고, 고유한 성향에
따라 자기만의 속도로 자라난다. 선생님의 말씀을 듣고 난 후
난초를 키우는 일이 기약 없는 기다림처럼 느껴지지 않았다.
난초의 마음을 생각하며 설렘을 안고 우직하게 기다릴 수 있게
되었다.

식물은 늘 자라난다. 식물은 땅속 깊숙이 뿌리를 내려
줄기를 고정하고 빛을 향해 나아간다.이따금 강한 바람에 줄기가
꺾여도, 곤충에 잎이 손상되어도 멈추지 않는다. 식물은 좌절하지
않는다. 잘린 줄기는 금세 아물고 꺾인 가지에서도 새로운
가지가 돋아난다. 끈질긴 회복력, 어떤 환경에도 적응해내겠다는
유연함으로 묵묵히 고난을 헤쳐나간다. 식물은 조급해하지
않는다. 빠르게 자라든 느리게 자라든 저마다의 속도를 지킬
뿐이다. 그렇게 든든하게 내 곁을 지켜준 식물은 지금도 그들의
지혜를 나에게 들려주고 있다.

카논: 나의 정원은 진행형

마당에서 식물을 키워보지 않은 나는 작은 테라스나 내
침실만 한 야외 정원을 가꿔보고 싶은 소망이 있다. 도시에서
전원적인 공간을 꿈꾸는 것은 허황된 일처럼 느껴지지만,
언젠가는 이루고 싶은 낭만적인 꿈이기도 하다. 실내와 달리
풍부한 햇빛 아래 땀 흘려 씨앗도 뿌리고 시원하게 물도 주고
싶다. 이따금 비나 눈을 맞는 모습도 볼 수 있겠다. 평소 키우지
못했던 나무와 꽃도 심어 질릴 때까지 감상할 수 있는 아름다운
정원을 상상하면 입가에 미소가 번지다가도, 마당에서 정원을
가꾸는 이웃들이 들려준 현실을 떠올리면 결코 녹록지 않은
일임이 분명하다. 마법처럼 손짓 한 번에 아름다운 정원이 뚝딱
나타나면 좋겠지만, 정원의 아름다움을 유지하려면 매일 잡초를
뽑느라 허리가 아파오고 실내와는 차원이 다른 해충과 싸우고
덥고 추운 날씨를 그대로 견뎌내야 할 것이다. "정원은 하루아침에
만들어지지 않아요"라는 타샤 튜더의 말처럼, 무언가를 아름답게
가꿔낸다는 것은 고되고 어려운 일이다.

실내 정원에도 나름의 어려움이 있다. 사계절의 흐름에

맞춰 어떤 식물에게 분갈이가 필요하고 또 어떤 식물의 가지를
정리해야 하는지, 또 해충에는 어떻게 대처할 것인지 준비해야
한다. 몸과 머리가 분주하게 움직여야 하는 정원에 완성이란 말은
없다.

　　실내 정원을 가꾼 지 6년차에 접어들지만, 나의 정원 역시
완성되지 않은 진행형이다. 정원일의 즐거움은 늘 달라진다는
데 있다. 작은 유묘를 공들여 키우면 남 못 주는 귀둥이가 되고,
화원에서 아파 보이는 식물을 데려와 돌보면 어느새 내 어깨까지
닿는 멋진 나무가 된다. 계절 따라 꽃이 피고 지는 꽃나무와 난초는
철마다 다른 향기로 정원을 채워주고, 싱그러운 고사리는 울창한
여름을 가져다준다. 물론 매순간 달라지는 과정에서 마음 아픈
일도 힘든 일도 있지만 그럼에도 멈출 수 없는 것이 바로 식물
키우기다. 식물과 함께하는 매 순간 나는 조금씩 더 인간다워지고
행복해지니까.

　　이 글을 쓰고 있는 겨울밤, 창의 자귀나무가 계절도 잊은 듯
하얀 꽃을 피웠다. 어제만 해도 꽃망울이었는데, 오늘 저녁부터
보글보글 피어오르더니 밤이 되자 꽃향기가 감돌았다. 햇빛이
부족한 실내 정원에서도 꿋꿋하게 자신의 존재를 드러내는 모습에
달콤한 감동이 밀려온다. 정원을 가꾸는 고된 일은 아무나 할 수
없는 일인 듯 보이지만, 철 모르고 피어난 자귀나무 꽃을 보면

모든 건 마음 먹기에 달린 것임을 알 수 있다. 손수 가꾼 꽃나무
하나만으로 한겨울에도 따뜻한 봄을 느낄 수 있으니 말이다.
겨울날에 찾아온 봄처럼 내 삶을 안아주는 행복, 지금 내가 식물과
함께하고 있는 이유다.

그랜트의 식물 감성

1판 1쇄 발행 2023년 4월 25일
1판 2쇄 발행 2023년 5월 15일

지은이 · 박상혁
펴낸이 · 주연선

(주)은행나무
04035 서울특별시 마포구 양화로11길 54
전화 · 02)3143-0651~3 | 팩스 · 02)3143-0654
신고번호 · 제 1997—000168호(1997. 12. 12)
www.ehbook.co.kr
ehbook@ehbook.co.kr

ISBN 979-11-6737-147-8 (03810)